溺愛紳士と恋するマカロン

野原　滋

幻冬舎ルチル文庫

CONTENTS ✦目次✦

溺愛紳士と恋するマカロン

✦カバーデザイン＝久保宏夏（omochi design）
✦ブックデザイン＝まるか工房

イラスト・せら✦

溺愛紳士と恋するマカロン

気になる？　と聞かれて「何が？」と即座に答えたのは、そう聞かれるまで、自分がその人をずっと見ていたことに、気が付いていなかったからだ。

江口光《えぐちひかる》が顔を上げると、悪戯《いたずら》な目をした親友が「確かに恰好《かっこう》いいよね」と、光が見ていた方向へ視線を送った。

十月の最初の金曜日。親友の源太《げんた》に誘われて、光はゲイナイトに参加していた。客は全員男性で、グラスを片手にあちこちで談笑している。夜になって気温が下がり外は寒いが、店内は暑いくらいだ。普段はショーが行われるステージで、今日はサプライズゲストが生演奏のピアノをバックに歌っていた。人の声は聞こえるが、歌声がかき消されるほどではない。華やかさと密やかさが同居したような、不思議な空気だ。

「声、掛けてみる？」

源太の声に「まさか」と言って、光はウイスキーの入ったグラスに口をつけた。

光はこの手の集まりに参加したのは初めてで、誘ってきた源太も二回目だった。

源太は、光が以前ウエイターのアルバイトをしていた店の常連で、今は同居人でもある。といっても、二人は恋人同士というわけではなく、光にとって源太は唯一とも呼べる友人だ。

「だって、ずっと見てたじゃない」

「スーツを着てるのが珍しいなと思っただけ」

「ふうん。そう？　普通にいるわよ？」

そう言われて改めて辺りを見回してみると、ちらほらとスーツ姿の客がいることに今更《いまさら》気が付いた。仕事帰りに寄った人も多いのだろう。それらには目もくれず、光は彼一人をずっと目で追っていたらしい。

「……ちょっと恰好いいな、って思ってた」

観念して正直に答えると、源太が「やっぱりね」と笑い、また彼のほうに視線を向けた。

店に入ってきた時、スーツ姿だったことに注目したのは確かだ。背が高い人だと思った。年齢はよく分からないが、三十歳ぐらいだろうか。染めていない短めの髪を自然に後ろに流している。切れ長の目が理知的で、他のパーツもスッキリとして凛々《りり》しい。頭の切れるビジネスマンといった雰囲気だ。誰かを探すようにして、店の奥に送った視線が印象的だった。

犬に例えるとなんだろう。骨太な感じと、キリッと遠くを見ている眼差《まなざ》しは狩猟犬だなと思った。シベリアン・ハスキーか、いや、もっと大きいアラスカン・マラミュートだと、そんなことを思いながら、光はずっと彼のことを見ていたのだ。

「ひー君はああいうタイプが好み、と」

源太が明るい声を出し、光は慌てて「そんなの分かんないよ」と首を振った。目が勝手に追っただけで、それが好みかどうかなんて分からない。今日だって「チケットがあるからタダ酒飲もうよ」と、源太に強引に誘われ、やってきただけだ。出会いを期待したわけでも、まして一晩限りの遊び相手を見つけようと思ったわけでもない。

二十一歳の今日まで、光は恋人と呼べる存在を持ったこともなく、自分が同性愛者だということも、つい最近自覚したほどだ。源太に自分と同じ匂《にお》いがすると指摘され、言われてみればそうかもと思ったぐらいで、それだって曖昧《あいまい》な好意で終わった記憶しかない。デートをしたこともなければ、肉体的な経験も当たり前にない。この先あるとも到底思えない。

「じゃあ、好みかどうか、声掛けて確かめてみる?」

源太が腰を屈《かが》め、光の顔を楽しそうに覗《のぞ》いてきた。源太は身長が百九十近くあり、百七十にも届かない光の目を覗くには、身体《からだ》を折らないといけないのだ。そしてこんな風に目を覗かれて、光が逃げたくならないのも、親友の源太だけだった。

「せっかく来たんだからさ、チャレンジしてみない?」

自分がいるから怖くないよと、覗いてきた目が励ますように笑っている。だけど光にとっては簡単なことではない。

「そんなの無理だよ」

人との関わり合いを持とうとせず、必要のない外出もしない光を、源太は「気晴らしだ」「リハビリだ」と言って、気軽に誘ってくる。源太の気遣いは嬉《うれ》しいし、自分でも外との関わりを完全にシャットアウトすることは不可能だと分かっているが、やはりどうしても怖いのだ。

「だぁいじょうぶだってば。話してみてちょっと違ったって思ったらバイバイすればいいんだし。かるーく、リラックスして、目の保養と思えばいいんじゃない？」

源太はベリーショートの髪を明るいショコラブラウンに染め、花柄のシャツにピッタリとしたパンツを穿《は》いていた。口調も物腰《ものごし》も女性的で、一目でオネエと分かる。犬に例えると、デリケートで茶目っ気のあるスタンダードプードルだ。

一方光のほうは、グレーのダブルジップパーカーに、モスグリーンのカーゴパンツだ。性格も大人《おとな》しく、服装も地味な光だが、髪の色が異様に目立つ。ふわっとしたクラウドマッシュスタイルは、髪の内側がストロベリーピンク、外側はベビーピンクのツートンカラーだ。

美容師の源太に染めてもらった。

身体も細く、唇《くちびる》も鼻も、ついでに手も小さい。こぢんまりとしたパーツの中、アーモンド形の瞳だけが唯一大きく、それを隠すように前髪を長くしていた。

「嫌だって。それに向こうが好みじゃないって言うかもだし」

「分かんないわよ。だから声掛けてみようよって言ってんの。ああいうタイプはね、案外ひー君みたいな可愛《かわい》いのがタイプだったりするのよ」

「無理無理」

ひそひそ声で押し問答をしていると、源太が「あっ」と声を上げて身体を起こした。議論の的になっていたスーツの男性が、誰かに話し掛けられていた。

「……先越されちゃったわね。待ち合わせかしら」

もともとの知り合いなのか、軽くグラスを合わせた二人はすぐに打ち解けて談笑に入っていた。誰かを探す素振りをしていたのは、あの人のことだったのかもしれない。

「あー、残念だったわね」

「……うん。残念」

嫌だ、無理と頑張っていたくせに、自分で出した声が思いの外《ほか》ガッカリしたものになり、光は苦笑してしまった。腰を引きながらも、案外その気になっていたらしい。

「でもあれじゃない？　パートナーっていう感じじゃないわね。友達同士で来たとか」

「そうかなあ……」

声を掛けた男性は黒のジャケットに茶のストレートパンツ、黒のブーツを履いていた。カジュアルな恰好なのにさり気なくおしゃれで、こういう場に慣れた感じがした。ナチュラルなニュアンスパーマが柔らかい印象だ。服装は全然違うのに、凄《すご》くお似合いな二人に見えた。

「そうだって。アタシたちと一緒よ、きっと」

スーツの人は来た時よりも明らかにリラックスした表情をしていて、二人で話をしながらチラチラと店内を見回している。

「ほら、物色してる風じゃない？　チャンスだわよ」

再び源太が光を誘ってきた。店に入るとチケットと交換で、番号が振られたゼッケンを渡される。目当ての人を見つけたら、スタッフに番号を伝え、向こうもＯＫならお見合いが開始されるシステムだ。

「無理だよ。相手してくれないって……」

柱《はしら》に凭《もた》れるようにして立っている二人はかなり目立つ。洗練された大人の雰囲気で、二十歳《はたち》そこそこの光たちなど鼻であしらわれるのがオチだ。

「こういうのは駄目もとでやってみるものなの。ひー君だって残念って言ったじゃないのよ」

「そりゃ、言ったけどさ」

「直感を信じてみようよ」

残念だとは確かに思った。だけどそれは、声を掛けなくてよかったという安心感から、つい出てしまった言葉だ。それなのに、光がそんな風に人に興味を示すのは珍しいからと、源太はどうにも諦めきれないらしい。

「ゲイナイトなんだから。気軽にいこう？」

源太が柔らかい笑顔で言った。怖いことは起こらないと。

ひとときの付き合い。店を出たら二度と顔を合わすこともなく、記憶に残ることもない。ゲイナイトとはそういう場所だから、と。

「声掛けたからって、別に責任負うこともないのよ。嫌だと思ったらすぐに帰っちゃえばいいんだし。もしかしたら案外気が合うかもしれないよ？　せっかくなんだから、ね？」

「う、……ん。でも、やっぱり……」

グズグズ言っている光を尻目《しりめ》に、源太はさっさとスタッフを呼んでしまった。自分たちのゼッケンの番号を書き、目当ての番号を伝えて渡す。スタッフがそれを持って行くのをドキドキしながら見送った。

「やっぱり無理だよ……。全然タイプ違うし。笑われるって」

この期《ご》に及んで怖気《おじけ》づいている光を、源太が明るく笑い飛ばす。

「いいんだって。笑われたら、笑い返してやればいいじゃないの。ほら、カード渡したわよ」

番号を渡された二人が店内を見回した。黒ジャケットの人が、自分たちに注目している光と源太に目を止める。源太が胸の辺りで小さく手を振った。光はそんな源太の影に隠れるようにしてグラスを口に当て、横目でそっと窺《うかが》う。

黒ジャケットの人が耳打ちをし、スーツの人もこちらを見た。太く真《ま》っ直《す》ぐな眉《まゆ》が僅《わず》かに寄ったように見え、ツゥ、と心臓が冷える。動く唇が、「子どもじゃないか」と言っている気がした。

不成立ならそのまま無視されるはずで、たぶんそうなるだろうと諦めた。駄目もととはいえ、無謀なアプローチをしてしまったものだ。

「……やだ。こっち来る。どうしよう」

自分で指名をしたくせに、源太がきゃ、と小さく叫び、口元に手を当てた。黒ジャケットの人がにこやかに近づいてくる。後ろにスーツの人もついてきた。

「こんばんは」

ニッコリと笑い、黒ジャケットの人が挨拶をしてくれた。外見を裏切らない、柔らかい声と表情だ。犬の中では一番のイケメンと言われている、アイリッシュ・セッターを思わせた。

「二人とも凄く若いね。ちょっとびっくり」

こんな子どもがよくもまあ声を掛けてきたものだという素直な驚きは、だけど嫌味がない。

「はじめましてー。よろしくお願いしますぅー」

源太が頭を斜めに下げて挨拶をし、光もおずおずと顎《あご》を引いた。

源太も大きいが、側にやってきた二人も大きい。光一人が小さくて、大型犬に囲まれたチワワみたいになってしまった。

「よく来るんだ？」

話し掛けるのはもっぱら黒ジャケットの人のほうで、スーツの男性は笑顔もなく、興味もなさそうだ。

「ここは初めて」

対する源太の答えは、まるでここ以外ならしょっちゅう顔を出しているような口振りだ。

「そうなんだ。俺らも初めて」

「嘘《うそ》、本当？　常連っぽい」

笑って同調するジャケットの人に源太がすかさず突っ込む。突っ込まれた彼は笑顔で「本当、本当」と、軽く答えた。

「何か飲もうか。持ってくるよ。君も。何飲んでたの？」

空になったまま握りしめていたグラスを覗き、ジャケットの人が光にも笑い掛けてきた。

「あ……ウイスキー」

視線を上げないまま小さな声で答える光に、黒ジャケットの人が目を細め、「綺麗《きれい》な髪の色だね」と言った。

「ホント？」

光のヘア担当の源太が光よりも早くに反応し、光よりも嬉しそうな顔をする。

「うん。入ってきた時から結構目立ってたよ。近くで見たら、本当に若いからびっくりした」

なあ、と隣に立つ男性に同意を求めるが、「ああ」とか「うん」とか気のない相槌《あいづち》を打つだけで、会話が広がらない。

「じゃあ、ドリンク取ってくるよ。お前も同じのでいい？　ウイスキーのロックだよな」

「ああ」

「一緒に行ってくれる？　一人じゃ持てないから」

愛想のいいほうの人に言われ、源太もカウンターに行ってしまった。

二人の背中を心細い思いで見送った。光と一緒に取り残されてしまったスーツの人も、何も言わずに光と同じ方向を見ている。

無言のまま、行ってしまったお互いの友人を待ちながら、そっと隣の人を窺った。

源太よりは少し低いが、百八十はゆうに超えている。身体に厚みがありガッシリしている分、ひょろい源太よりも大きく見えるぐらいだ。遠くを見る目がやはり狩猟犬っぽい。この目に惹《ひ》かれたのだなと、光は一人で納得した。

「……遅いな」

ボソ、と呟《つぶや》く声が途方に暮れていた。子どもの相手などするつもりもないのに置いてけぼりにされ、無下にもできずに困っているらしい。

「……混んでるから」

「ああ、……作るのに時間が掛かっているのか」

低い声は大きな身体と凛々しい外見に合っていて、だけど気難しそうな表情に反して、優しい感じがした。

「……何処《どこ》まで行ったんだ？」

「……カウンターじゃ……ないかな」

「そうか」

途切れがちに交わす会話は何処にも発展せず、ひたすら行ってしまった友人を待っている不安げな様子が、外見を裏切っていて可笑《おか》しい。

「こういうところは初めてですか？」

仕方なくこっちから水を向けてみた。

「ああ、……いや、うん。……いや、違う」

曖昧な返事にどっちだよ、と心の中で突っ込む。ふ、と息を吐いたらこちらを向いた彼と目が合ってしまい、慌てて視線を落とした。

「何度か誘われて顔を出したことはあるが、飲んで帰るだけだったから。クラブのオーナーがあいつの知り合いで、今日も賑《にぎ》やかしで連れてこられた」

「そうなんだ」

やっぱり初めて来たわけじゃなかったのかと、そっと下から覗くと、また目が合った。僅かに肩を竦《すく》め、眉毛を上げる仕草をしてくる。

見た目は堅そうだけど、案外そうでもないのかもと、目尻に寄った皺《しわ》を見て思った。

源太たちが戻ってきて、改めて乾杯をする。

源太のことは普段呼んでいる通りに「源ちゃん」、光も「ひー君」ということで紹介された。こういう場所でフルネームを明かすことはない。もっと親しくなり、頻繁に会うようになれば教えてもらえるのかもしれないが、その可能性は低く、知らないでいるほうが後腐れもないからだ。

愛想のいいほうの人は「祐樹《ゆうき》」、スーツの人は「マサミちゃん」と紹介されて「ちゃんは止めろ」と抗議していた。

「なんでだよ。そのほうが親しみやすいだろう？」

「いらん。普通に『正巳《まさみ》』でいいだろうが。ちゃん付けるな」

「あら、『正巳』さんっていうの、可愛い名前ね」

源太が合いの手を入れる。

「だろ？　でも本人が可愛くないからさ。せめて『ちゃん』付けで呼んだらいいと思って。な、正巳ちゃん」

「だから『ちゃん』はいらん」

「正巳さんって、……いい名前。似合ってると思う」

柔らかい響きがそぐわないようで、だけど音で聞いてみると不思議と似合っているような気もして、光は思わずそう呟いた。

光の声に、正巳が一瞬ポカンとした顔を作り、それから無言でグラスを口につけた。祐樹が「よかったな。似合ってるってよ」と正巳の肩を叩《たた》いた。源太に意味深な視線を送られた光のほうも、受け取ったばかりのグラスに急いで口をつけ、飲む振りをした。

「じゃ、まあ、改めてよろしくってことで。二人とも本当に若いね。いくつぐらい？」

年齢を聞かれ、正直に二人とも二十一歳だと告げると、向こうもたぶん偽りないだろう、三十五歳だと教えてくれた。

「ごめんね。おじさんで」

思ったよりもずっと年上だったことに驚いたのがすぐに分かったらしく、祐樹が笑いながら謝った。

「いいえ。でももっと若く見えたから」

「そう？　ありがとう。こっちは年相応だろ？」

正巳の肩に肘《ひじ》を置き、祐樹が笑う。

「そんなこと……ないです」

「あ、今間が空いた」

正巳がむぅ、とした顔をし、光は慌てて弁解した。

「いいじゃんねえ。なんでも教えてもらえそうで。アタシ、おじさん大好き」

「や、や、本当」

「おじさん言うな」

「今自分で言ったくせに」

「自分で言うのはいいの」

「じゃあ、アニキって呼ぶ？」

「それも微妙だなあ」

軽妙な会話は源太と祐樹とで交わされ、光はそんな二人のやり取りを眺め、正巳も黙って酒を飲んでいた。時々チラチラと腕時計を確認する。時間を気にしているようだ。

「へえ、ひー君は専門学校生なんだ。何系？　ファッション関係かな」

「んー、そんな感じ。ね？」

「うん」

光と源太の出で立《いで た》ちに、祐樹が納得したような顔をし、自分たちは会社員だと言った。お互いにそれ以上の具体的な話にはならないまま、ゲイナイトでの交流が進んでいく。

源太と祐樹は思いの外意気投合したようで、会話が弾んでいた。光に付き合う形で強引に声を掛けたものだが、祐樹は源太の好みのタイプだったらしく、声がいつもよりもワントーン高くなっている。

「なあ、せっかくだから、四人で外に出ようか。落ち着いた場所で飲まない？」

祐樹が提案した。源太がパッと顔を輝かせ、同時に正巳が戸惑ったのが分かった。

ちょっと、と源太の花柄のシャツを引っ張った。

「どうする？　ひー君、やっぱり嫌？」

源太が光の顔を覗いてきた。

源太はついていきたそうで、四人で飲んだ後の、その先にも期待している。こういうところに来たのだから、楽しい夜があってもいいのだと思う。だけど帰りたそうにしている正巳が気の毒で、かと言って正巳が抜けた三人でとなると、いかにも自分がお邪魔虫になるし、気が進まない。

「もうちょっと話したら、仲良くできるかもしれないわよ？」

祐樹を気に入っている源太は、光のことも応援したいらしく、そう言って「行ってみない？」と誘ってくれた。

「……うん。でも止めとく」

「じゃあ、アタシも止める」

「二人で行ってきなよ。源ちゃんたち意気投合してるみたいだしさ」

でもでも、と源太が迷い、チラ、と祐樹のほうに目配せをする。祐樹がひらひらと指をひらめかせた。

「……ほら、二人でもいいって言ってるよ？」

この辺は暗黙の了解で、彼も源太のことを気に入ったのだ。二人でも構わないよと、笑顔が告げていた。

「せっかくだから行ってきなよ。カード渡したのも源ちゃんだし。……上手《うま》くいくといいね」

ヒソ、と耳打ちし、親友の健闘を祈った。

「でも、ひー君、大丈夫？」

源太が光を心配する。

「大丈夫。案外楽しいよ。正巳さん、話したらちょっと面白いし」

「そうなの？」

「うん。僕も、もう少し正巳さんを口説《くど》いてみる。駄目だったらすぐに帰るし、本当、心配しないで、楽しんできて」

「そう？　本当に大丈夫？」

「うん。武勇伝待ってる」

正巳を口説くなんていう言葉は、二人で行かせるための方便だとすぐに分かっただろうが、光の励ましに、源太はそれ以上遠慮をせず、「じゃあ、頑張ってくるね」と、はにかんだ笑顔を見せた。

パーティを抜けていく二人を見送る。出ていく姿は、すでに恋人同士のようにピッタリとくっついていた。

「祐樹さんって、悪い人……じゃ、ないよね？」

大人同士の駆け引きでカップルを成立させたのだ。割り切った一晩の関係だろうと、それは彼らの責任だから光が何も言うことはない。ゲイナイトというパーティの性格上、驚くことでも、眉を顰《ひそ》めることでもない。

「……まあ、軽いやつだが、悪い人間ではない」

正巳が断言してくれて、光は安心して頷《うなず》いた。

「そうか。ならいいけど」

恋多き乙女《おとめ》の源太は、出会いのチャンスは多いほどいいと言い、そうしながら恋人と呼べる存在を常に探していた。祐樹とそうなればいいし、たとえならなくても、酷《ひど》く傷付くような目には遭ってほしくない。

「源ちゃんは、凄くいい子なんだ」

家賃を浮かせるための共同生活だが、彼の明るさに、光はとても助けられている。さっきだって、二人に声を掛けようという源太の誘いを断固として拒否できなかったのも、源太が光のためにここへ誘ってくれたのを知っていたからだ。

人の輪に入らず、新しい環境に飛び込むことを極端に怖がる光を、源太はさり気なく引っ張っていってくれる。今日のような、しがらみも後腐れもない場所のほうが馴染《なじ》みやすいだろうと、光を連れてきてくれたのだ。

「上手くいくといいな。付き合ったりしないかな。彼氏欲しいって言ってたし」

光の呟きに、正巳が「うーん」と低い声を出した。

「やっぱり難しそう……？　僕、引き留めたほうがよかったのかな」

「それは、まあ……。二人とも大人だしな。盛り上がっていたのは確かだし」

「だよね」

二人の消えたエントランスの辺りは、新しく入ってきた客でごった返している。夜はこれからが本番だ。

「じゃあ、僕たちもこれで。正巳さんも、もう行っていいよ？」

え、とこちらを見下ろしてくるのに、光は頷いてみせた。

「さっきからずっと帰りたそうだったから。時間気にしていたでしょ？　僕はもうちょっと飲んで帰るから」

「しかし……」

戸惑った声を出す正巳に、「大丈夫だから」と、軽く手を振った。カードを渡され指名されて、不本意ながらも応じた手前、光を一人残して帰ることに、気が引けている様子だ。

「本当、本当。平気だから。一人でいたら、誰か声を掛けてくれるかもしんないし」

他の客に誘われても応じる気はないが、そうでも言わないと責任感が強そうな正巳が、帰るに帰れないと思ったのだ。

「せっかくだから、もう少しだけ遊んで帰る」

飲み干してしまった酒のお代わりをもらいにカウンターへ向かう光に、何故《なぜ》か正巳がついてきた。

「じゃあ、俺ももう一杯飲もう」

「え、でも時間、ないんでしょ？」

「一杯ぐらいなら平気だ」

光と一緒にカウンターまでやってきた正巳が、「同じものを」と、バーテンダーに言ってしまっている。

表情は動かず、考えていることは分からない。気難しそうでいて、案外お人好しなのかなと、端整な横顔を見つめながら、光はそんなことを思った。

新しいグラスを受け取って、壁を背にして二人で並ぶ。

二人きりになっても劇的に打ち解けるわけでもなく、相変わらず会話は弾まない。それでも初対面の人と話す時の、いつものような気詰まりがないのは、周りの賑やかさのせいだろう。ゲイナイトという浮かれた空気のお蔭《かげ》で、ただ立っているだけでなんとなく楽しい。

グラスに口をつけ、飲む振りをしながら、そっと隣の人を盗み見る。

やっぱり恰好いいなと思った。

源太の言うように、光は正巳のような人が好みなのかもしれない。

学校とアルバイトと住んでいる部屋と、ただその間を行き来し、淡々と生活していた。生活に彩りが欲しいとも、人との関係を広げたいとも思っていない。恋なんて、自分には関係のないことで、好みのタイプなど考えたこともなかった。

だからそれが分かっただけでも、今日ここに来てよかったと思った。楽しかったことを後で源太に伝えよう。源太もきっと喜んでくれるだろう。ほらね、何も怖くなかったでしょうと笑う顔が浮かぶ。

今頃祐樹と二人で飲んでいるのか。どんな話をして、どんな駆け引きをするんだろう。上手くいけばいいいなと思った。

正巳は相変わらず落ち着いた佇《たたず》まいで光の隣にいる。こういう人が恋人といる時は、どんな風なのかなと想像してみる。

今日初めて会った、別段親しくなりたいとも思っていない十四も年下の男にさえ、こうして気遣いを見せ、付き合ってくれている。好きな人ならもっと大切に扱うんだろうなと、ウイスキーのロックをゆっくり飲んでいる横顔を眺めた。

「……その髪」

「え？」

「凄い色だな」

盗み見ていた横顔がこちらを向き、笑顔になっている。

「凄いって……」

「グラデーションっていうのか？　そういうの。しかもピンクだ。あんまり見たことがない」

「そう？　ツートンっていうんだけど」

「へえ。自分でリクエストするんだろう？　ピンクにしてくれって。大胆なもんだ」

口を利いたかと思ったら、言い種《ぐさ》が不躾《ぶしつけ》だ。だけど嫌味に聞こえないのは、時間がないのに付き合ってくれた優しい人だという、フィルターが掛かっているからかもしれない。

「僕は気に入っているんだけどな」

「ああ。似合っていると思う。だが、もっと大人しい色でもいいんじゃないか？」

顔を覗くようにされ、グラスを持っていないほうの手で前髪を撫《な》で、目を隠した。あんまりじっと見られるのは得意じゃないし、……怖い。

「普通の茶髪とか、そういうのでも十分いいと思うが」

「派手なのが好き。ピンクじゃない時もあるよ。水色とか。真っ赤な時もあった」

ブロンドやブルーや、いろいろな色を試した。とにかく色がついているのがいい。髪の色だけに印象が残るような。次に色を変えたら誰も光だと気付かないような。他の何も記憶に残してほしくない。

「真っ赤っていうのも凄いな」

「うん。前はね。今は源ちゃんが色を決めてくれるんだ。最近はこういうパステルカラーに凝《こ》ってて。全部任せている」

光の説明に正巳はふうん、と興味深そうに光の髪を見つめ、「あれみたいだな」と言った。

「何?」

「ほら、お菓子でそういうのあるだろう? こう……丸くて、これぐらいで、そんな色」

指で輪っかを作り、正巳が何やら説明をしてくる。

「女の子が好きなお菓子。雑誌にもよく載っている。そういうピンクとか、黄色とか水色とか、いろいろあるだろ?」

「あ、マカロン?」

「そう！　それ」

突然、正巳が大きく笑った。端整な造作がいっぺんに崩れ、子どものような笑顔になったのに、びっくりした。

「ずっと考えていたんだ。あれみたいだ。なんだったっけ？　って、名前が思い出せなくて」なんだ。四人でいる間じゅう、そんなことを考えていたのか。それであんな難しい顔をしていたのか。

光の隣で正巳が笑っている。さっきとは全然違う無邪気な笑顔で「そう、マカロン、それだ」と何度も頷いている顔は、とても満足そうだ。

深夜に近づき、客はますます増えていく。少しずつ飲んでいたグラスは空になり、正巳のウイスキーもだいぶ前になくなっていた。

チラ、と正巳がまた腕時計を覗く。

「あの……」

「ん？」

覗き込んでくる視線を避けるように目を泳がせた。

「そろそろ……、帰ったほうが」

「君は帰らないのか？」

うん、と頷きながら店の奥のほうへ顔を向けた。さっき正巳と祐樹が立っていた辺りだ。

「あっちにちょっと気になる人がいるから。声、掛けてみようかな……」

夜も遅く、正巳は明らかに時間を気にしている。光も帰りたいが、一緒に外に出るのはなんとなく気まずい。ゲイナイトという特別な空間で出会い、こうして話をしているけれど、一歩外へ出たら、共通点が一つもないような二人だ。

……ほんの少し、期待を持ってみたりはしてみたけれど。

この人とならそういうことがあってもいいかなと思うのは、お酒のせいなのかもしれない。

「正巳さん、付き合ってくれて、ありがとと」

だけどほんの一瞬過《よぎ》った願望を打ち消して、光はそう言った。

正巳は賑やかしで連れてこられたのだと言っていた。それは嘘ではないと思うし、嘘だったとしても、相手は光のような人間ではないだろう。もっと大人で、もっと洗練された、もっと……まともな人が相応《ふさわ》しい。

「僕はやっぱりもうちょっと遊んでから帰るよ」

光の言葉に、正巳は「そう」と言って、光が気になる人がいると指した方向を確かめた。

「あんまり無茶はしないように。……いろんな人がいるからね」

「うん。大丈夫」

カウンターまで一緒に行った。正巳がグラスを返し、光はもう一杯頼む。

「じゃあ、楽しかった。さよなら」

何か言いたそうにして光を見ている正巳に、光は明るい声を出して手を振った。

ゲイナイトから一週間経った日の夕方。授業を終えた光は、そのまま今日の仕事先に出向いていた。

鍵穴にキーを差し入れ、重厚なドアを開ける。光が何もしなくても、パッと照明が点《つ》いた。

玄関は広く、黒光りした革靴が二足並べてある。これらを磨く時に使ったのだろう靴墨のついたタオルが、大理石の床に放られていた。出掛ける前に手入れをして、道具を片付ける時間もないほど急いでいたのか、それともただ単に仕舞うのが面倒だっただけなのか。

置いてある革靴は形も崩れてなく、履きやすそうだ。こういうものを履くことのない光にも、高額なのだろうということは分かる。自分の脱いだスニーカーを並べると、その大きさが際立った。身体もきっと大きい人なんだろうなと推測した。

合鍵を預かり、幾度となく訪ねたことのある部屋だが、光はここに住む人に一度も会ったことがない。住人の留守に代わり、ここで飼われているペットの世話をするためにやってきた。ペットシッターが、光の仕事だ。

玄関脇にあるドアを通り過ぎ、その先にあるリビングに繋《つな》がるドアを開けた。２ＬＤＫのマンションはゆったりとした間取りで、築年数も浅そうだ。

十五畳ほどあるリビングとカウンター式のキッチン。カウンターの前にはダイニングテーブルが置かれていた。窓の近くには大きめのソファと、その対面の壁に大型テレビが設置されている。光が来ることが分かっているからか、カーテンが開けっぱなしだった。

もっとも、玄関の有様から考えると、ここの人は出掛けるのにカーテンをわざわざ閉めたりはしないのかもしれない。

いつ来てもカーテンは開いているし、ソファには脱いだままの部屋着が積んである。ダイニングテーブルの上にも小物がバラバラに散らばっていて、真ん中に分厚い、何やら難しそうな本がドンと置いてあった。その辺に無造作に積み上げられている雑誌も、週刊誌のような娯楽物ではなく、経済関係のビジネス誌のようだ。

リビングの隣に寝室にしてある部屋のドアがあり、そこも開きっぱなしだ。その隙間《すきま》から、黒々とした大きな目が覗いていた。

「ブラン。こんにちは」

そっとこちらを窺っている彼に、穏やかな声で挨拶をした。「おいで」と、優しく声を掛けると、オスのボルゾイがゆっくりとリビングに入ってきた。

「ブラン」というのはフランス語で「白」という意味だ。その名の通りにブランの身体は大半が白いが、目の周りから耳に掛けて、左右対称に茶の斑《ぶち》が広がっていた。目の上には点になった、所謂《いわゆる》まろまゆが付いていて可愛らしい。背中にも大きな丸い茶の斑があった。体高が高く、光の腰近くまである。贅肉《ぜいにく》のないシュッとした流線型のボディラインが美しい。

散歩に連れて行くと、その大きさと形が犬には見えないらしく、馬か羊かと問われることもある。ボルゾイはロシア原産の立派な狩猟犬だ。

「お留守番、偉いね。よし、よし」

身体を預けてくるブランに、光も膝《ひざ》をつき、柔らかな毛皮に手を触れた。クゥ……、と鼻を鳴らしてブランが甘えてくる。

将来ペットトリマーになりたい光は、専門学校に通いながら、ペットシッターのアルバイトをしている。フードをやり、水を換え、グルーミングをし、必要に応じて散歩にも連れて行く。そうして主人の帰りを待つペットたちを慰め、健康を保つ手助けをするのだ。

光がアルバイトをしているペットショップ『モフリー』は、シッター以外にも美容院やホテル、躾《しつけ》教室などを手掛ける大手のショップで、学校以外でもたくさんの動物に触れられるのが有難《ありがた》い。シッターのない日はショップの手伝いをしているから、いろいろな経験も積めるし、何より大好きな犬や猫、時々は亀やイグアナ、カピバラなんかの珍しい動物と出会えるのが嬉しい。

このボルゾイのブランもそんな中の一頭で、光は彼のことが特に気に入っていた。

ブランの飼い主は出張の多い業種のようで、以前は一ヵ月のうちの二日程度の依頼だったそうなのだが、光がスタッフとして入った半年前の春辺りから忙しくなったらしく、頻繁に連絡が来るようになった。今日は二週間振りのブランとの再会だ。

最初は緊急要員としてブランのシッターに入った光だが、ブランの安定具合を見た飼い主のたっての希望で、今は光がメインで面倒を見ている。

シッターを依頼する理由のほとんどが家族旅行だったから、休日が多く、学生の光にとっては有難いアルバイトだった。今日の依頼主のように平日に頼んでくる人もいるにはいるが、そういう場合は別の社員が出向いていた。なので、光が来訪するとなると夕方過ぎになるからと店側が説明をしたのだが、それでもいいから是非にと言われたのだ。

「本当、お前綺麗だなあ……」

ブランの細く小さい頭を撫で、感嘆の声を漏《も》らす。犬の貴族と呼ばれるだけあって、ボルゾイは姿が優雅で美しい。

「僕も犬が飼えるようなところに引っ越したら、お前みたいなのを飼いたいよ。……でも、やっぱり飼うならブランがいいな」

シッターとしては入れ込み過ぎな気もするが、可愛いのだから仕方がないとも思う。それに、他のシッターの仕事もちゃんと責任を持ってこなしているし、どれも同じように可愛がっているつもりだ。

ただ、このブランが特別なだけだ。

目で獲物を追うサイトハウンドという犬種は、主人の指示を待たずに自分の判断で狩りをし、その狩猟本能が強いため、プライドが高く、従順という点では扱いづらい部類に入る。

今年で三歳になるブランはすでに性格が確立していて、途中で飼い主が替わったという経緯があり、そのせいもあるのか、なかなかに神経質で、他のシッターに懐かないのだ。知らない人が来ると、それがシッターだったとしても、ブランは自らケージに逃げ込み絶対に出てこない。

ところが光に対しては、出会った直後から触られるのを許し、帰る時には名残惜《なごりお》しそうに後を追ってきたのだ。そんなブランのことが可愛くないわけがなく、光も熱心に彼の世話をすることになり、ますます懐かれていくという、幸福の図式だ。

こうして光は、ブランの専属シッターのようになり、会ったこともないブランの飼い主に信頼されることになったのだ。

部屋の鍵を預かり、家族の一員であるペットの世話を担うということは、かなりの信用問題だ。飼い主と店側とで綿密な打ち合わせをし、何かあった場合の賠償の契約も交わしている。前任者から引き継いだ光に対しても、いずれ顔を合わせ、挨拶をしたいと言われているが、仕事に忙しい飼い主の都合で、未《いま》だそれは果たせていない。

「よし、じゃあ、ブラッシングしようか。ベランダに出るよ。ブラン、おいで」

光の声に、ブランが心得たように立ち上がり、ゆったりと尻尾《しっぽ》を振った。

部屋に用意してあるグルーミング用の道具を持ち、ブランと一緒にベランダに出た。部屋は散らかっているが、こういうペット用品はきちんと一つにして用意してある。飼い主もブランのことをとても可愛がっているのだろう。

「ほら、ブラン。ここに来てごらん」

sitという光の声に、ブランがきちんと座った。

「いい子。綺麗にしような」

細く柔らかい毛は放っておくと、クリンクリンの巻き毛になる。それも愛らしくて可愛いが、絹のような毛が流れるようになびくのが、ボルゾイ特有の美しさだ。

長い毛を丁寧に梳《す》いてやると、瞬く間に毛の山が出来上がった。ブランは大人しく光にブラッシングをさせている。純白の胸毛が、ツヤツヤのフサフサになっていった。

ブラッシングの後は耳の掃除をし、爪《つめ》の手入れをしてやる。この作業はベテランのトリマーでも苦戦することが多く、光がブランに信頼されている証拠で、誇らしく思うことでもある。

「あんまり散歩に行っていないか？　爪が伸びているな」

怖がらないように声を掛けながら、伸びた爪にやすりを掛ける。大型犬の中でもボルゾイはそのほっそりとした身体で、見た目よりもずっと体重が軽い。ちょっとした散歩ぐらいでは、爪が削れていかないのだ。

「ブランのご主人は忙しそうだからな。よし、出来上がり。お水飲もうか」

グルーミングの後の水分補給をさせるため室内に戻り、光はキッチンに向かった。

広いシステムキッチンは、そこもリビングと同じく雑然としていた。皿やカップが使いっぱなしのままシンクに積まれ、惣菜《そうざい》のパッケージがゴミ箱からはみ出し、入りきらなかったゴミが調理台の上に置かれていた。それらに触らないように注意しながら、ブランのための水を汲《く》む。片付けたくてうずうずしたが、これは光の仕事ではないからグッと我慢した。

ブランに水を飲ませている間、光はダイニングテーブルに置かれてあるノートを手に取った。飼い主と光との交換日誌だ。

A4のノートを開き、まずは前回の記録を確認した。ブランは特に変わりなく、フードもちゃんと食べ、散歩でもトラブルがなかったことが、光の字で書いてあった。

対する飼い主側も、何やらいろいろと書いてある。かなりの悪筆で、時々読めないことがあるのが難点だ。毎回最初に礼の言葉が書いてあり、最後にはサインがしてあった。『香《か》取《とり》』というのがブランの飼い主の名字だ。

顧客情報の書類にはフルネームが書いてあったが、ずいぶん前のことなので、下の名前は忘れてしまった。会ったこともないし、覚えていなくても特に支障もないからそのままだ。

ノートには前の出張の土産《みやげ》にぬいぐるみを買ってブランにあげたと書いてあった。

「ブラン、新しいおもちゃをもらったんだ。よかったな。イモムシのぬいぐるみ？　どんなのかな、見せてくれる？」

リビングの隣にある寝室を覗かせてもらう。ここへの侵入も、もちろんちゃんと飼い主の許可をもらっていた。部屋の奥にはケージ、入り口付近にローソファが置いてあり、そこがブランのくつろぎのスペースになっている。ソファの横にある箱には、ブランのおもちゃが入っている。音の出るぬいぐるみや、骨の形のゴムなどだ。

光がやってくるまでそれで遊んでいたらしい、ボロボロになったウサギのぬいぐるみがソファの上に転がっていた。これはブランが一番気に入っているおもちゃで、飼い主がやはり出張で北関東に出掛けた時に買ってきたものだと、以前日誌に書いてあった。

「ウサギさんで遊んでいたのか。新しいのはどれだろう。……あ、これか」

箱からイモムシらしき形状の布を取り出す。拳大の丸いお手玉を数珠《じゅず》つなぎにしたイモムシは、すでに半分千切れていた。

箱からそれを出すと、ブランが咥《くわ》えた。首を振って踊るようにイモムシを振り回し、それからソファに持っていき、前足で押さえながら引っ張った。

「あはは。そうやって遊んだんだ。あーあ、また千切れちゃったね」

瞬く間に綿だらけになってしまったイモムシを眺め、光は声を上げて笑った。

学校でもアルバイト先でも、滅多に笑うことのない光だが、相手が動物の時には笑うことができる。

笑っても、叱《しか》っても、褒《ほ》めても、動物は光の感情を真っ直ぐに受け取り、疑うことも、それ以上の感情を探ることもしない。だから光も取り繕うことなく、こうして素直な声を上げられる。光の明るい声にブランが嬉しそうに、ワフ、と吠《ほ》えた。

「お土産をあげる度に、すぐにブランが壊しちゃうって、香取さんが嘆いているよ」

日誌には毎回細かいことが書いてあり、来る度にそれを読むのが楽しみだ。何処へ行った、何を買った、ブランが喜んだと、踊るような字が斜めに走っていく。書ききれなくなって書き込み欄からはみ出すのもしょっちゅうだ。

ブランに関してのことばかりでなく、出掛けた先の何が美味《おい》しかったとか、雨に降られて困ったとか、時々自分の日記のようなことも書いてある。その度に「大変でしたね」「風邪《かぜ》を引かないように」「自分も食べてみたいです」と、光も律儀に返事をしていた。

そして光も、ブランと何をして遊んだ。おもちゃを壊すのを見た。今日はブランと一緒に夕日を眺めたと、書き込み欄に書ききれないほどの文字を綴《つづ》っていた。飼い主の香取が一緒に夕日が見たいと書く。光はとても綺麗だったと返事をする。

そうやって会ったことのない者同士、ブランを介しての交流が続いていた。今日もイモムシのおもちゃのことをどんな風に書こうかと頭を巡らせた。香取がそれを読み、どんな返事をしてくるのか。

マンションのグレードや置いてある家具や、玄関にあった靴を見ても、かなりの高所得者だと窺えるが、ほんの少しずぼらな様子や、字の汚さにギャップがあり、なんだか面白い。

「ブランの飼い主さんはどんな人なんだろうね？　出張が多い仕事ってなんだろう。会社員

なのかな」

そういえば、先週参加したゲイナイトで出会ったあの男の人も会社員だと言っていた。もちろん、お互いに曖昧な自己紹介だったから、本当にそうなのかは分からないが、スーツ姿が様になっていたなと思い出す。

正巳さんと呼んでいた。あの人もいろいろとちぐはぐな人だった。真面目《まじめ》そうで、気難しそうで、それなのに置いていかれて心細そうに友人を待っていた様子がちょっと可愛かった。飲んでいる時も面倒くさそうな態度だったのに、源太たちが消えた後、光に付き合ってくれた。それにいきなり笑った時の変わりようにびっくりした。

光の髪の毛の色を見てマカロンみたいだと言い、その名前を思い出したのがよほど嬉しかったのか、何度もそのお菓子の名前を呟いていた。

今日も光の髪は、マカロンみたいな柔らかいピンク色だ。

あの夜、祐樹と一緒に出掛けていった源太は、次の日朝帰りをしてきた。なかなか有意義な夜を過ごしたようだが、結局ワンナイトでお終《しま》いになったらしい。

次の約束も連絡先も、本名さえも教えられないまま、源太は部屋に戻ってきた。

「仕方ないよねー」と、明るく笑っていたが、源太は心残りのようだったし、光も残念だと思った。

「そっちはあれからどうだったのよ」と聞かれ、光も「振られた」と答えた。

「一杯だけ飲んで帰ったよ。時間をずらして僕も帰った」

「そうなの。やっぱりねえ……」

光の答えに、源太がしみじみとした声を出した。

「祐樹さんに聞いたんだけど、あの正巳って人、かなりの堅物みたいだし」

「ふうん、そうなんだ。そんな感じだね」

「でしょ？　昨夜のイベントも、気になってる人がいるだかなんだかで、来たくなかったんだって。じゃあ来なけりゃいいのにね」

「やー、付き合いだったんじゃないの？」

本人も賑やかしで連れてこられたと言っていたしと、憤慨している源太を宥《なだ》めた。

「それがさあ、その、気になる相手っていう人と文通だか交換日記だかしてて、それで喜んでいるらしいわよ。ちょっと、……ねえ？」

重大な秘密でも打ち明けるように源太が声を潜め、光は首を傾《かし》げながら「ふうん？」と相槌を打った。源太がどうしてそんな声を出すのかが分からない。

「だって、メールもSNSもあるのに、今時交換日記よ？　小学生じゃないんだからさ。ていうか、小学生だってやらないわよ。文通って……、ないわー」

「そんなもん？」

「そぉよお。っていうかね、そういう人がいるんなら、来ないでって言いたいのね、アタシは。だってそうじゃない？　こっちはさあ、フリーだと思って声を掛けたんだから。失礼極まりないわっ」

どうやら源太は光の代わりに怒ってくれているらしかった。

「だって、せっかくひー君が『あの人がいい』って見初《みそ》めた相手なんだから、なんとか応援してあげたいって思うじゃない？」

「あー、いや、そこまで固執したわけじゃないから、大丈夫。それに楽しかったし、本当」

「でしょ？　結構いい感じだと思ったのよ。珍しくひー君が懐いてたから」

「いや、懐いたわけじゃ。ちょっと面白いなって思っただけで……」

「だーかーら。それが珍しいって言ってんの。これは……っ！　って思ったんだけどな」

「そんなでもないよ？」

「そうだったのよ。アタシには分かるの。だから残念なの！　もう、あのおっさん！　本当腹立つわ。アタシのひー君を弄《もてあそ》びやがって」

源太が野太い声を出した。

「いやいやいや。弄ばれてないから」

ひとしきり騒いだ後、でもパーティ自体は楽しかったねと言われ、それには光も頷いた。

ブランのための日誌を読みながら、源太とのあの日の朝のやり取りを思い返し、誰かと文通しているらしい正巳のことを考えた。どんな顔をして、何を書いて喜んでいるんだろうと思ったら、笑ってしまった。

イモムシで遊んでいたブランが光の側までやってきた。日誌を見ながら笑っている光を見上げ、不思議そうに首を傾げている。

「ああ、ごめんな、ブラン。よし、じゃあ散歩に行こうか」

散歩、の言葉に反応したブランがその場で小さく跳ねた。嬉しそうなその様子に、やっぱり運動が足りていないのかと思う。

今日は少し遠くの河原まで行って、いっぱい走らせてあげよう。日誌にもブランが少し運動不足なことを書いておかなければならないと、リードを用意しながら光は思った。


「へえ、ボルゾイってそんなに綺麗なの？　見てみたい」

ブランのシッターをしてきた翌日の夜。今日は源太が食事当番で、二人でパスタを食べている。

２ＬＤＫのコーポはお互いの部屋が一つずつと、八畳のリビングダイニングが共有スペースだ。

専門学校への入学が決まった今年の四月、光はここへ越してきた。半年以上経った今も二人の共同生活は滞りなく続いている。

源太とは光がアルバイトをしていたゲイバーで知り合った。客としてやってきた源太とすぐに仲良くなれたのは、年齢が近かったことや、ゲイバーという特殊な場所だったということもあるが、何よりも源太の人懐こさと繊細さ、そして洞察力があったからだろう。

いろいろなアルバイトを転々とし、光が最後にゲイバーのウエイターに行き着いたのは、賃金がよかったこともあるが、お互いの素性を知られないまま、交流が保てる関係が心地好かったからだ。

新しい場所へ赴き馴染もうとすれば、自《おの》ずと自分のことを話さなければならなくなる。郷里は、親は、兄弟はと、皆挨拶のように聞いてくる。それは取っ掛かりとしては一番当たり障《さわ》りのない話題で、光にとっては一番苦手な質問だった。

光は学校に通えなかった時期があり、一年遅れて単位制の高校に入学し、四年掛けて卒業した。事情があってそうしたことだが、その事情を根掘り葉掘り聞かれるのが苦痛だった。ゲイバーに訪れる人々は、そういう自分の素性に関する話題から入らない。それが光にとっては凄く楽で、アルバイトが一番長く続いた理由だ。結果、源太という親友を得られ、こうして一緒に生活をしている。

おしゃべり上手《じょうず》な源太は、同時に聞き上手でもあった。光が同性愛者だということも、本人が自覚する前に見破られた。「鈍いわね」と笑われ、そういう光が面白くて好きだとも言ってくれた。

友人を作ることもなかった自分が誰かと住むようになるなんて、思ってもいなかった。一緒に住まない？　と気軽に誘われ、光は人に言えない事情があることを、初めて自分から告白した。源太は気にしないと言ってくれた。

その言葉通り、その後も光に対する態度は変わらなかった。

「ひー君とは上手くやっていけそう。喧嘩《けんか》はしても、別れ話には絶対になりそうにないしね」

と悪戯っぽく笑った顔を、今でも覚えている。

光のことを危なっかしくて放っておけないと源太は言う。そんな二人は友人というより兄弟、いや、姉弟のような間柄だ。

「でも飼うの大変そうよね、ボルゾイって。セレブって感じ」

「見た目はね。王子様みたいだよ。大型犬の中では飼いやすいほうだと思う。よく頭がよくないって言われるけど、そんなことはないんだよ。顔色見るし、躾《しつ》ければちゃんと言うことも聞く。凄く甘え上手なんだ。ただ、あの子はちょっとだけ難しいところもあるけどね」

パスタを食べながら、昨日会ってきたブランのことを話していた。

「ふうん。嚙《か》んだりするの？」

「嚙まれたことはないけど、散歩の時とかは注意がいるね。怖がりなんだ」

動物は、怯《おび》える故《ゆえ》に攻撃的になることがある。大きくて珍しい犬種だから、外へ連れ出すと人がわらわらと寄ってくる。その度に、ブランは大きな身体を縮め、光の背中に隠れるようにするのだ。

「たぶん、前に飼われていた時のトラウマがあるんだと思うけど。一度植えつけられたら、ほぼ一生消えない」

どんな事情があったのかは分からないが、飼い主を転々と替えられ、最後にはシェルターに保護されていたブランを香取が引き取ったという経緯がある。

「そうなんだ。可哀想《かわいそう》ねえ……」

「うん。でも今は凄く可愛がってもらっているよ。なんか忙しそうな人で、ちょっと寂しそうなのが気になるけど。僕が行くと凄く喜ぶし、懐いてくれるから、可愛い」

そんなブランが一目で光を受け入れてくれたことが誇らしく、嬉しいと思う。

犬の嗅覚《きゅうかく》は敏感だ。初めて会った光に、ブランは自分と同じ、何らかの傷の匂いを嗅《か》ぎ取ったのかもしれない。そして光のほうも、怯えて光の後ろに隠れようとするブランに自分が重なり、放っておけない気分になるのだ。

「毎日思いっきり走らせてあげたいんだけど、無理だろうしな」

爪の減り具合を見ても、怯えながらも散歩には喜んで出掛けていく様子を見ても、香取が頻繁に遠出をしてあげているようには思えなかった。

出張が多いのは仕方がないが、それも可哀想だと思う。光にいくら懐いてくれるといっても、ブランが一番甘えたいのは飼い主の香取なのだ。

「ドッグランとか連れて行ってあげたいな。ボルゾイって本気で走ると凄いんだよ」

元はロシアン・ウルフハウンドと呼ばれた狼を狩る犬だ。時速五十キロにもなるという爆発的な走りが最大の魅力で、疾走する姿は芸術だとも言われている。

「広いところを思いっきり走らせるの。好きな時に思う存分。楽しいだろうなあ。あー、犬飼いたい、ブランみたいなの」

「いいわねえ。でもここじゃあ狭いか」

リビングダイニングを源太が見回し、「アタシは豪邸に住みたいわ」と溜息《ためいき》を吐《つ》いた。

「宝くじが当たったら、大きい一軒家を買おうか。そしたらひー君、いっぱい犬飼ってもいいわよ。庭も広いの」

「いいね。ドッグランも作ってよ。犬用のログハウスとか、僕そこに住んでもいい」

「プールもあるわよ。美男子はべらせて。天国ね」

豪邸、海外旅行、ハーレムに牧場と、それぞれの夢の話に二人で盛り上がる。

「ボルゾイの有名なブリーダーさんがいるんだけどね。ボルゾイ好きが高じて多頭飼いからブリーダーになって、広い土地に移って犬関係の多角経営やってるんだって。ドッグランもあって、凄い伸び伸び育ててるんだ。ああいうのいいなあ」

「やればいいじゃない。ペットの美容室のあるドッグランとか、カフェとかホテルとか。素敵じゃない？　ブリーダーもやっちゃいなさいよ」

「ああ、いいね。できたら凄いや」

広大な草原を疾走する犬たちの姿を想像し、光は目を細めた。そういうのを一日中眺めていられたら楽しいと思う。仔犬《こいぬ》を増やし、育て、たくさんの動物に囲まれて生活してみたい。

「できるわよ。今のうちに資格取って、将来そういうのを経営すればいいと思うわよ。宝くじに頼らなくても、ひー君は堅実だし、お金貯めてさ。私も遊びに行こうっと。ポメちゃんとか連れて」

「経営は別にして、そういうところに勤めたいね」

「自分でやればいいじゃないのよ。広い土地買ってさあ。好きにできるわよ?」

「ああ、うん、……まあね。でも事業を起こすとか、僕には無理だから。自信ないし。従業員でいいよ」

「そお?　夢は大きく持ったほうが楽しいじゃない」

「うん。そのために学校ではいろんな種類の資格を取るつもり。クビになってもすぐに再就職できるように」

「後ろ向きなやる気ね。クビになることを前提にしなくてもいいじゃない。ていうか、経営者になっちゃえば、逆にクビにならないわよ?」

「そっか。そうだね」

源太の声に気軽く頷き、パスタをクルクルとフォークに巻きつけた。

夢は大きく、だけど実現できそうにない希望は持たないことにしている。源太の語る夢は素敵だと思うが、自分が経営者になど絶対になれない。なれたとしても、その先ずっと続けていけるとは到底思えないのだ。

どんなに努力をして手に入れても、崩れる時は一瞬だ。そうなった時に信じていた世界が一変することを、光は知っている。必ず失うと分かっているなら、初めから手に入れないほうがいい。手にした途端失うことを考え、怯え続けることになるからだ。

大それた夢は持たない。光はただ、大好きな動物と一緒に過ごせればいい。一度信じた人間を、彼らは裏切らないから。

光がどんな人間であっても、態度を変えたりしないから。

先週訪れたばかりのマンションに、光は再び訪れていた。ブランの飼い主は四日間の出張らしく、その二日目の今日と明日、ブランの世話を依頼されている。

今日は学校で実習があり、授業が終わるのが遅かった。その後も生徒同士で反省会があり、マンションに着いたのは七時を回った時刻だった。

玄関のドアを開けると、ブランが迎えにやってきた。タ、タ、タ、タと、軽やかに廊下を走ってくる。

「ブラン、来たよ。お迎えしてくれたんだ」

靴を脱ぐ間もなく、ブランがすり寄ってくる。よほど嬉しかったのか、二本足で立ち上がって光に飛びつこうとしてきた。

「ブラン」

静かな声を出して、飛びついてこようとする巨体を避ける。sitと声を掛けると、尻尾を揺らしながら、ブランが大人しく座った。

「いい子」

言うことをちゃんと聞いたことを褒め、頭を撫でる。

「どうした？　寂しかったのか？」

両手で細い顔を撫でてやりながら、黒い瞳を覗いた。飛びついてくることなんて今までなかったし、そこはちゃんと躾けられているはずだった。飛びつくことを許せば、犬はそれがやっていいことだと判断する。大型犬の飛びつきは危険だ。

「遅くなっちゃったからな。ごめんな、ブラン」

靴を脱ぎ、ブランと一緒にリビングに入る。部屋は荒れていた。

ソファに置かれていた物がすべて床に落ち、おもちゃも散乱している。先週もらったイモムシは、綿が全部出され、千切れた布きれ状態だ。ゴミ箱もひっくり返されていた。

「……やんちゃしたなあ」

取りあえず床に落ちた物を拾い、記憶のある限り元の場所に戻した。光が動いている間じゅう、ブランもぴったりとついてくる。

「あんまり悪戯をしちゃ駄目だよ。……って言っても、仕方がないか」

叱る人がいなければ悪戯もエスカレートする。その場で駄目だと教えられれば悪いことをしたと反省もするが、時間が経ってから叱られたところで、どうして自分が叱られたのかが理解できないのだ。理不尽に叱責《しっせき》されたという記憶だけが残ってしまう。

自動給餌《きゅうじ》器にあるフードの減り具合を確かめてから、水を新しくした。キッチンにもブランの悪戯の形跡があり、床にふきんが落ちていた。

「グラスとか落として割らないでよかった。怪我《けが》しちゃうもんな」

ボルゾイはとにかく体高が高く、調理台の上にも容易に届いてしまう。これは飼い主にちゃんと言っておかなければいずれ怪我をしてしまうと改めて思った。惣菜のパッケージやビニールなどを誤って飲み込みでもしたら、最悪手術になりかねない。

「それにしても、ちょっと悪戯が過ぎるな」

先週訪れた時も少し気になったのだが、ブランが不安定になっていると思った。留守の間はもちろん寂しい思いをしているだろうし、もしかしたら普段もあまり構ってもらえていないのかもしれない。

「ブラン、おいで」

リビングの床に腰を下ろし、やってきたブランを抱きかかえるようにして撫でてやった。

「よし、よし、いい子。いっぱい遊ぼうな。後で散歩にも行こう」

存分に甘えさせてやろうと、身体の至るところを触り、話し掛ける。爪の状態を見ようと前足に手を掛け、ふと真っ白なはずの足先が、ほんのりとピンク色になっていることに気が付いた。

「ブラン、足をよく見せて」

光の手に乗せた右の前足を観察する。人間でいう手の甲の辺りの毛が薄くなり、肌が見えている部分があった。たぶん執拗《しつよう》に舐《な》めたのだろう。

「痒《かゆ》いか？　皮膚炎《ひふえん》かな。……可哀想に」

香取はこのことを知っているのかと思い、ダイニングテーブルの上にいつものように置かれているノートを手に取った。

新しいページに香取からの伝言がある。急な仕事が入ったため、光によろしくと書いてあった。急いでいたのか、いつにも増して字が乱暴だ。ブランの足のことには何も触れず、先日お土産にしたイモムシが壊滅状態なのでまた新しいのを買ってくると、呑気《のんき》に綴ってあるのが腹立たしい。

「香取さん、気付いてないみたいだ。日誌に書いておくからね。ちゃんとお医者さんに連れて行ってもらおうな」

光を見上げ、嬉しそうに尻尾を振っているブランを見ていたら、会ったことのない飼い主に対して怒りが湧いてきた。ブランは身体全体で、光に寂しかったと訴えてくるのだ。口が利けないのだから、飼い主がちゃんと見てあげなければいけないのに。

「よし、ブラン。何して遊ぼうか。無事なおもちゃあるかな？」

明るい声でブランに話し掛け、ブランのおもちゃ箱のある寝室に一緒に行った。

そこも荒れ放題になっており、おもちゃ箱の中身は全部ぶちまけられていた。ブランのソファどころか、飼い主のベッドも滅茶苦茶だ。枕と毛布が床に落ちている。ベッドの上にも乗り上げて泳いだのだろう。シーツが波打っていて、たくさんの毛の塊が落ちていた。お気に入りのウサギがベッドの真ん中でシーツに埋められていた。

「ここでも悪戯し放題だったんだな。凄いことになってるね。これは後片付けが大変だ」

帰ってきた飼い主が部屋の有様を見て茫然《ぼうぜん》とする様子を想像し、ちょっとだけいい気味だと思った。ブランにとって危ない物を片付けることはしても、ベッドメイキングまでする謂《いわ》れはない。疲れて帰ってきて、部屋の掃除をするのは気の毒だが、自業自得《じごうじとく》だとも思った。

光を追ってきたブランが、小さく跳ねながら、ワフ、ワフ、と声を出す。光が床に散乱しているおもちゃの一つを拾うと、光の手からそれを奪ってリビングに走っていった。おもちゃを咥えたブランがクルッと優雅に一回りする。口から離し、光のほうを見るから、床に置かれたおもちゃを手に取ると、また奪っていってクルリと回る。おもちゃの取り合いを繰り返すブランに、光も根気よく付き合った。

「お散歩はどうする？　もう少し遊んでから行こうか」

シッターとしての拘束時間は二時間と決まっているが、今日は終電がある時間まで付き合うことにした。明日もできる限り早くにここへ来て、なるべく長く一緒にいてあげたい。日誌にはブランがどれだけ喜んで、どれだけ寂しがっているかを、ちゃんと書こうと思った。

遊んでいるうちに、時刻が九時を回った。ブランは光の手から奪ったおもちゃを前足で挟み込み、ガジガジと齧《かじ》っている。毛の薄くなった足を気にしている様子はない。皮膚炎ではなく、やはり孤独からくる常同行動なのかもしれない。

遊びに没頭しているブランを見守っていると、突然ブランが立ち上がった。

「どうした？」

急いで玄関のほうへ行こうとするブランについていく。玄関の鍵が回り、ドアが開いた。

パッと明かりが点く。

照明の下に、スーツ姿の男の人が立っていた。

「ああ、ブラン。ただいま」

さっき光に窘《たしな》められたためか、飛びつくことはしなかったが、明らかにはしゃいだブランがその場で何度も跳ねた。この部屋の住人で、ブランの飼い主の香取が帰ってきたのだ。

靴を脱ぎながらブランの頭を撫でていた香取が顔を上げた。リビングの入り口に立っている光を認め、一瞬不思議そうな顔をする。光の髪の色を見つめ、徐々にその目が大きく見開かれていった。

「君は……」

ビジネス用のキャリーケースを持ったスーツ姿の男性が、茫然としている。靴の大きさで予想した通り、身体が大きい。短めの黒髪を後ろに流した端整な顔立ちは、つい最近目にしたことのあるもので、恰好いい、好みかもと源太と二人で評し合った記憶も新しい。

目の前に立っている人は、先々週光が参加したゲイナイトで出会った『正巳』だった。

「香取さんって……正巳さんだったんですか」

光の声に、香取は事情が飲み込めない顔をしたまま固まっている。靴は片方履いたまま、片手もブランの頭に置かれたままだ。

「あ、初めまして。……じゃ、ないですけど。『モフリー』から派遣されてきました、シッターの江口です」

「ああ、……、いや、驚いた」

光が頭を下げ、香取もようやく声を出すが、その顔は未だ戸惑っている。

「帰りは明後日《あさって》だと聞いていましたが。どうしたんですか？」

ああ、うん、まあ……、うん、と、前に会った時のような曖昧な返事をしながら、香取がようやく両方の靴を脱いだ。

ブランは主人の帰宅が嬉しくて仕方がないらしく、バウバウと低い声で吠えながら、小さな跳躍を繰り返している。

「ああ、ブラン。……ちょっと待ってくれ。取りあえず部屋に入れてくれ、な」

廊下の幅を目一杯占領してはしゃぎまくっているブランに香取が言い、リビングに入ってきた。ブランは香取にぴったり寄り添ってついてくる。

「四日の予定だったんだが、ちょっとゴタゴタして、急遽《きゅうきょ》切り上げてきたんだ」

「そうなんですか」

窓際に置かれたソファの側まで行き、キャリーケースを置くと、香取がドッカリと腰を落とした。それから気が付いたように「ああ」と声を出し、今度は急いで立ち上がる。

「どうぞ。帰ってきたばかりなんですから、僕に気を遣わないでください」

「ああ、いや」

座ってくれと促すが、香取はまた曖昧な声を出し、その場に立ち尽くしている。

明るい蛍光灯の下で見る香取はまた印象が違った。スーツ姿は以前と変わらず様になっていたが、その顔が随分疲れているように見えた。

「……大丈夫ですか？　顔色が悪いですよ」

僅かに眉を寄せ、上着を脱がないままネクタイを緩めている香取は、疲れているというより、具合が悪そうだ。

「ちょっと、風邪を引いたみたいで」

「だから仕事を早く切り上げてきたんですか？」

返事はなく、皺の寄った額には薄《う》っすらと汗が浮かんでいた。

「ブラン、こっちおいで。香取さんが着替えられないよ」

香取に纏《まと》わりついて離れないブランを呼んだ。

「どうぞ着替えてらしてください。僕が見ていますから」

「すまない。……じゃあ、お言葉に甘えさせてもらうよ」

キャリーケースをゴロゴロと転がして寝室に入った香取が「ああ……」と、絶望的な声を上げているのを聞いて、光は俄《にわ》かに慌てた。

荒れ果てた部屋を見たらそんな声を出すだろうなと予想し、いい気味だと思ったものだが、まさか体調を崩して帰ってくるなんて考えなかったから、散らかしたのが自分でもないのに、なんだか申し訳ないような気持ちになった。

ブランもいつもと違う香取の様子に、光を見上げ、キュゥン……と鼻を鳴らしている。

ブランにその場で「待て」と命令し、光は寝室に入っていった。

「シーツ、換えます。何処にありますか？」

床に散乱したおもちゃを片付けながら香取に聞いた。え、と戸惑う声を上げている香取に構わず、落ちている枕と毛布も拾う。

飼い主が帰ってきたのだから、シッターとしての光の仕事は終了のはずだった。飼い主が知っている人、しかもゲイナイトで出会った人だと分かればなおさらすぐにでも帰りたかった。向こうだって気まずいに違いない。

だけど、具合が悪い上にベッドは倒れ込むこともできない有様なのだ。このまま帰ってしまったら、後のことが気になってしまい、きっと後悔するだろう。せめて寝られる環境ぐらいは作ってあげたいと思った。

「香取さんが落ち着いてくれないと、ブランが不安がりますから。薬はありますか？　お医者さんに掛かったんですか？」

「医者は……この時間だから。薬はたぶん、あるはずだと思う」

テキパキと寝室を片付け、その間に着替えてもらう。光に促されるまま、薬を探しに洗面所に行った香取は、しばらくゴソゴソした後、解熱鎮痛剤の箱を持って戻ってきた。どうやら熱があるらしい。しかも箱を開けてみると中身は空で、香取がまた落胆の溜息を吐いた。

どうして空箱をわざわざ取っておくのだと一瞬呆《あき》れたが、それは顔に出さず、「僕、買ってきましょうか」と香取に声を掛けた。

「今ちょうどブランを散歩に連れて行こうと思っていたところですから。な、ブラン、一緒にお使いに行こうか」

ブランがバウ、と返事をした。香取と光を交互に見ながら尻尾を振っている。

遠慮している香取に寝ているようにと言い置いて、ブランを連れて外へ出た。

ドラッグストアまで行き、香取の部屋にあった物と同じ薬と、水分補給のためのドリンク剤と、冷却シートを買った。

光が店から出ると、待っていたブランが立ち上がる。

「いい子。大人しく待てたね」

お使いの意味をちゃんと理解しているのか、買い物が済んだら、ブランは香取の待つ部屋に真っ直ぐに帰りたがった。具合の悪い香取のことが心配でならないらしい。

前足の脱毛症を発見し、酷い飼い主だと憤ったが、こんなブランを見れば、やはり香取のことが大好きなのだと分かる。以前の飼い主に捨てられ、きっと辛《つら》い目にも遭ったのだろう。そのブランが全幅の信頼を寄せている飼い主なのだ。悪い人ではないんだろうと光も思い直すことにした。とにかく今は、早く体調を取り戻してほしい。

部屋に戻ると、香取はぐったりした様子でベッドに寝ていた。部屋に辿《たど》り着くまでは気を張っていたのが横になったら気が抜けて、一気に熱も上がったようだ。寄せた眉が苦しそうで、浅く早い呼吸を繰り返している。

熟睡はできていないようで、光が顔を覗くと香取が目を開けた。

「薬買ってきました。起き上がれますか？」

光の呼び掛けに、呻《うめ》くような声を上げ、香取が身体を起こした。箱から錠剤を出し、水の入ったグラスを渡す。

「こまめに水分補給したほうがいいって、ドラッグストアの人に言われました」

「ああ。悪かったね。助かった」

「いえ。横になってください」

飲み干したグラスを受け取り、おでこに冷却シートを貼ってあげた。再び横になった香取が光を見上げてくる。

「ありがとう」

熱で潤んだ瞳が細められ、香取が笑顔になる。

ベッドの脇に座って香取の顔を覗き込んだブランが、鼻を鳴らした。

「ブラン……。大丈夫だよ」

香取が優しい声を出した。腕を伸ばし、探るような仕草をすると、ブランが頭を出して、香取の掌《てのひら》に押しつけた。よし、よし、とゆっくりと香取が撫で、ブランも香取の手を舐めている。

「ブラン、寝かせてあげようか」

静かにブランを促し、光は寝室からリビングに戻った。名残惜しそうにしながら、ブランも光についてきた。

グラスを戻しにキッチンに入り、ついでに洗い物をする。出しっぱなしのカップや皿を仕舞い、リビングに散乱していた衣類や本も片付けた。

部屋の中を動き回りながら、帰ろうかどうか迷っていた。ドラッグストアの人は、季節柄インフルエンザかもしれないと言っていた。もしそうなら、これからますます熱が上がり、夜中の急変もあり得る。仕事を途中で切り上げて帰ってきてしまうほどだ。よほど具合が悪かったのだろう。

ブランも落ち着かず、キュウキュウと鼻を鳴らしながら寝室とリビングとを行ったり来たりしている。今は光が声を掛ければ一応大人しくなるが、光がいなくなれば香取の側を離れず、ベッタリとなるだろう。ブランの心配は分かるが、それでは香取が熟睡できない。

光はダイニングテーブルに着き、Ａ４のノートを開いた。時間稼ぎのように今日の出来事を書き綴る。厳しいことを書こうとさっきは思っていたが、今はそんな気持ちも萎《な》えていた。

脱毛症のことをどんな風に書こうかと考えていると、テーブルの下で光の行動を窺っていたブランが、またそっと寝室に入っていった。

ブランが寝室に消えるとすぐに、ああ、うん、……うん、そうか、と香取の声が聞こえてきた。見舞いにやってきたブランに、朦朧《もうろう》としながら受け答えをしているようだ。苦笑しながら、光も後を追った。

案の定、ブランがベッドの上に顎を乗せ、至近距離で香取を見つめていた。おでこにシートを貼った香取が、目を瞑《つぶ》ったまま頷いている。枕元にはブランのお気に入りのウサギが置いてあった。ブランなりの励ましらしい。

「ああ、……ウサギさん、貸してくれるのか。ありがとう、ブラン」

それを聞いたブランが、グイグイと香取の顔にウサギを押しつけた。

「ありがとうな、うん、うん……ちょっと臭《くさ》い」

朦朧としながらも、律儀に返事をしている香取が気の毒で、可笑しい。

静かに近づき、光もブランの横に座った。香取の顔の上に乗っかる勢いのウサギを、そっと引っ張って遠ざける。

「ブラン、静かにしといてあげようね」

息だけの小さな声でブランに言い聞かせ、「これは仕舞おう」とウサギをブランに返す。ウサギを咥えたブランが、その場でクルリと一回りし、キュゥン、と鳴きながら、もう一度ベッドの上にそれを置いた。どうしてもウサギを香取の側に置いておきたいらしい。一番お気に入りのおもちゃをあげて、香取に元気になってもらいたいんだろう。

「平気だよ、心配するな、ブラン。……愛してるよ」

ブランの鳴き声を聞いた香取がそう言って、腕を伸ばしてきた。ぽふ、と光の頭の上にそれが乗り、ドキリと心臓が跳ねた。香取の手はそのまま光の頭を撫でている。

「……ええ、と」

隣ではブランがベッドに顎を預け、光を見ている。羨ましそうな顔をされた。

バウ、と遠慮がちにブランが鳴くと、「あれ？」と言いながら、香取の手が彷徨《さまよ》った。ブランの頭を探しあて、「ああ」と安心した声を出し、それから何故か、もう一度光の頭の上に戻ってきた。状況が分からないのか、ブランと光の頭を交互に撫でている。

大きな掌は温かく、重さが心地好いと感じた。

こんな風にいつもブランのことを撫でてあげているのか。そのお裾《すそわ》分けをもらい、得したような気分になった。他人にこんなに優しく撫でてもらった経験はなく、親にしてもらったのもだいぶ昔だ。

ブランと一緒に撫でてもらいながら、あの正巳がブランの飼い主さんだったのかと改めて思い、不思議な偶然に今更ながら驚いた。

あの夜、しきりに時間を気にしていたのは、部屋で待っているブランのためだったのか。なんだ、それならもっと早く帰してあげればよかったな、とあの時の正巳の様子を思い出す。見た目よりもお人好しなのではと感じたものだが、どうやら当たっていたみたいだ。

凄く優しい人なのだと思った。

愛しているなんて、あんな甘い声で言ってもらえるブランが羨ましい。

そういえば、正巳には気になる人がいて、その人と文通や交換日記を交わしていると源太が言っていた。それなら光もしていると気付き、一瞬ドキッとしたが、すぐさまさか、と否定した。

これは単なる情報交換業務だ。第一、ブランのシッターとして、香取とは一度も会ったことがなく、そんな光が香取の気になる存在になり得るはずもない。

あの汚い字で文通をしているのか。ちゃんと読める字を書いているのだろうか。香取は寝ぼけたまま、未だにブランと光の頭を交互に撫でている。大きな掌に頭を撫でられながら、光は笑いそうになり、肩が揺れた。

「どうした……?」

「なんでもないです」

会話を交わしても、香取の手は光の上から退《ど》かない。自分が何をしているのかを分かっていないらしい。

香取との交換日誌を読んでいた時に、ゲイナイトで出会った正巳のことを思い出して、二人ともいろいろとちぐはぐな人だと思ったが、同一人物だったのか。二人の人物像が重なって、妙に納得してしまった。

汚い字と難しい本。高級マンションに散らかった部屋。難しい顔をして酒を飲んでいたかと思えば、実はマカロンを思い出そうとしていたらしい。そして突然無邪気な笑顔になる。

今もブランと光を、わけが分からないまま撫で続けている。

恰好よくて落ち着いていてそうなのに、何処か抜けていて、……可愛らしい。

「お前のご主人、面白いね」

光の声にブランがこちらを向く。でしょう？　と何気に得意げな顔をするブランを見て、光はまた肩を震わせた。

ツン……、と冷たい鼻を頬《ほお》に当てられ、ブランに起こされた。横になっていたソファから身体を起こす。

「どうした？」

目を擦《こす》っている光の手に、ブランがまたツンツンと鼻を当て、何かを知らせてくる。ハッとして、隣にある寝室の気配に耳を澄ませた。時計を見ると、一時を指していた。

「香取さんが起きたのかな」

音は聞こえないが、ブランが光を起こしに来たところを見ると、何か変化があったのかもしれない。立ち上がり、隣の部屋に様子を見に行く。

香取は寝ていた。呼吸が荒く、苦しそうに眉を寄せて、低く呻いている。光は側まで行って顔を覗いた。

「……結構汗かいてるな」

汗をかけば冷却機能が働いて、熱が下がると聞いた。起こさないようにそっと首筋に手を当ててみる。じっとりした肌《はだ》は光の掌よりも熱かった。これだけ汗をかいて、喉《のど》は渇かないんだろうか。

手の感触に気付いたのか、香取が目を開けた。薄暗い中、瞳が何かを探すように動き、光を見つける。

「……苦しいですか？　冷たいの、持ってきましょうか」

光の問いに、香取が顎だけで頷いた。寝室を出ていく光を、ブランが不安そうに目で追い、だけど香取の側から動かない。

急いでキッチンに行き、冷蔵庫から冷えたドリンク剤と冷却シートを取り出した。寝室に戻り、香取が起き上がるのを手伝い、体勢が安定したところでボトルを渡した。

香取はゴクゴクと喉を鳴らして飲んでいる。相当喉が渇いていたらしい。ブランはそれに気付き、光に知らせてくれたのだ。

飲み干したボトルを受け取り、もう一度寝かせ、冷却シートを取り換えた。冷たいシートを額に当てられて、香取が気持ちよさそうに溜息を吐いている。

「ずっと起きていたのか？」

汗で濡《ぬ》れた首筋をタオルで拭いてあげると、こちらに顔を向けた香取が聞いてきた。具合が悪いのに光のことを気遣う香取に、「いえ」と首を横に振った。

「寝ていました。ブランが起こしに来てくれて。喉が渇いてるみたいだよって教えてくれました」

「そうか。ブラン、ありがとう」

香取が腕を伸ばすと、キュゥン……とブランが鼻を鳴らし、掌に鼻を擦りつけた。ゆっくりと香取が手を動かし、ブランがそれに凭れるようにして甘えている。さっきその手で自分も頭を撫でてもらったことを思い出し、じっと見つめる。

「……君がいてくれてよかった。ありがとう」

香取が光にも礼を言った。撫でられているブランを羨ましく思って見ていたことに気付き、慌てて「……いえ」と声を出した。

「今何時だ？　もう遅いんじゃないか？」

「え、……っと、一時過ぎです」

「そんな時間なのか。それは悪かった」

「あ、え……、大丈夫です。あの、適当に帰りますから」

「適当にって、電車はもうないだろう？」

「タクシーとかで。本当、平気ですんで」

恐縮する香取に光も狼狽《うろた》えてしまい、しどろもどろになる。

「香取さんが落ち着いたら帰ろうと思ってて……、あの、気にしないでください」

「タクシー代はもちろん出すから」

「え、いいです。本当、気にしないで。僕が勝手にいたんですから」

「そうはいかない。明日早いのか？　確か学校に通っているんだったな」

「あ、はい」

「もし差し支えなかったら、朝までここにいてくれても構わないし、車で帰るなら……」

「あ、ええと、じゃあ……泊めさせていただきます」

自分が勝手に居座っただけだが、ここでタクシーを使って帰ると言えば、香取は絶対に金を出すと言って聞かないだろうと思い、素直に泊めてもらうことにした。病人を相手に押し問答をするのは忍びない。それに、このまま帰ってしまうのも心配だ。

「朝までいさせてもらって、電車で帰ります」

光の返事に、香取が頷いた。それが心なしかホッとしたように見えるのは、やはりまだ体調に不安があるからなのだろう。

「さっきのシーツが入っていたところに毛布とかいろいろあるから、なんでも出して使ってくれ。冷蔵庫に何かあったか……」

「大丈夫ですから。適当にさせてもらってます。香取さん、自分が病人なんですから、気を遣わないで」

諭すように光が言うと、香取はフッと息を吐いて笑い、それから光を見つめた。

「……君がブランのシッターだったのか」

今更ながらの驚きの声に、光も「そうなんですよ」と頷いた。

「熱で変な物が見えたのかと思った」

「変って……」

おでこに冷却シートを貼った香取が、いつかのような屈託ない笑みを浮かべる。

「こういうことってあるんだな。驚いた」

「そうですね。僕も驚きました」

「あれからどうしたんだ？　俺が帰った後」

「ああ。……適当に遊んで帰りましたよ」

「そうか」

空のドリンクボトルを持って光は立ち上がった。香取がまだ話したそうに光を見上げる。

「少し休みましょう。汗をかいたから熱が下がるといいんですけど。ちょくちょく覗きますけど、何かあったら遠慮せずに声を掛けてくださいね」

「分かった」

素直に返事をして、香取が目を瞑った。それを見届け、光も寝室を出た。ブランはまだ香取の番をしている。今回のことはブランの功績が大きかったから、そっとしておくことにして、光はキッチンに向かった。

少しは元気が出たようでよかった。様子を見て、まだ熱が下がらないようなら薬を呑ませよう。それより着替えさせればよかったか。あれだけ汗をかいたのに。だけどそこまでしていいものかどうか。

香取の世話をいろいろと考えながら、光は自分が何処か浮かれていることに気が付いた。熱を出して寝込んでいるのに不謹慎だとは思うが、さっきからの香取との間の抜けたやり取りを思い出すと、心配とは違う、何処かうわついた感覚に陥ってしまうのだ。

ブランと間違えて光の頭を撫でたり、光の姿を見て「変な物」と言ってみたり、それにあんなに恰好いい人が、光によっておでこに冷却シートを貼ってもらっているのだ。

今も寝室から出ていこうとする光に、引き留めたそうな素振りを見せた。熱で弱っているせいもあるが、こっちもなんだか放っておけない気分にさせられて、泊まることにしてよかった、なんて思ってしまった。

空になったボトルと冷却シートの始末をして、ソファに戻る。ブランはまだ香取の側についているらしい。寝室にそっと耳を澄まし、それから目を瞑った。

しばらくウトウトとして、またハッと目が覚める。あれから二時間ほど経過していた。今度はブランが起こしに来なかったが、光は足音を忍ばせ、香取の様子を見に行った。

自分の寝床で丸くなっていたブランが顔を上げた。シィ、と口に指を立ててブランに合図をしながら香取のベッドに近づく。

目を瞑っている香取の表情は、さっきよりも落ち着いていた。そっと近づき、至近距離で眺める。汗はかいていないようで、呼吸も静かだ。

リビングから漏れる明かりが僅かに当たり、睫毛《まつげ》が影を作っていた。鼻も高く、唇も光よりも厚い。造作は大きいが全部のパーツが整っていて、綺麗なのに男らしい。

寝ているのをいいことにじっと観察していると、いきなり香取が目を開けた。

目の前にある光の目を不思議そうに覗き、一瞬目を閉じる。それが再びゆっくりと開き、香取が微笑んだ。

「……起こしちゃいました？　ごめんなさい」

「いや、ちょうど喉が渇いて、起きようかどうしようかと思って目を開けたら、君の顔があった」

そう言って笑う香取は、何故かとても嬉しそうに見えた。

「じゃあ、持ってきます」

さっきと同じようにして香取を起こし、ボトルを持たせる。コクコクと喉を鳴らし、今度はボトルの半分ほどで、口から離した。

「ブランがまた起こしに来たのか？」

「いえ、なんとなく。僕も目が覚めて」

「そうか」

以心伝心かな、と香取が笑う。そうかも、なんて思いながら、口には出さず、光は黙ってボトルを受け取った。

自分の名前を聞きつけたブランが、二人のいるところにやってきた。ベッドの下でお座りをするブランの頭を香取が撫でる。

香取の落ち着いた様子に、熱は下がったのかと気になるが、いきなり触って確かめるわけにもいかず躊躇《ちゅうちょ》していると、香取が顔を上げた。

「どうした？」

「……あ、ええと、熱はどうかなって、思って」

光の声に香取が自分のおでこを触るが、シートが貼ってあるので分からないらしい。

「ちょっと、……失礼します」

そう言って光が腕を伸ばすと、「うん」と香取が顎を上げた。差し出してきた首筋に手を触れる。汗の引いた肌はサラサラとしていて、さっきよりもだいぶ熱は下がっているようだ。

「熱は引いているみたい。薬は呑まなくていいかもしれないですね。頭は痛くないですか？」

光に熱を測られたまま、香取が「いや」と言った。ブランが二人を見上げている。

「よかったね、ブラン。君のご主人の熱が下がったみたいだよ」

ブランに言ってあげると、ブランがバウ、と一声吠えた。

「ああ、ブラン、ありがとうな。そうだ。これ、返しておく。お見舞い」

そう言って香取は、ずっと枕元に置いてあったウサギのぬいぐるみをブランに渡した。

「おでこ、貼り換えましょうか」

ん？　と香取が見返してきた。おでこに冷却シートを貼られたまま見上げてくる顔があまりにも無邪気で、光は思わずふふ、と声を漏らしてしまった。笑うつもりは全然なかったのに声が出てしまい、自分でも驚いて、慌てて口を押さえた。

「どうした？」

下を向いている光を香取が覗いてくる。冷却シートの下にある瞳が黒々としていて、ほんの少し唇が開いていた。わけが分からないまま笑っている顔が子どものようだと思ったら、鳩尾《みぞおち》の辺りがヒク、となり、肩が震えた。

「すみません。なんだか香取さん……」

――可愛くて。

「いえ、なんでも。……ごめんなさい」

十四も年上の人を捕まえて、可愛いなんて言えず、光は肩を震わせたまま、もう一度謝った。

翌日の夕方、光は香取の住むマンションの前にいた。

朝まで彼の容態を見守り、始発で帰ったのだ。明け方に寝室を覗くと、香取は静かに寝ていた。呼吸も落ち着き、光が覗いても気付かないほど深く眠っているようだったから、そのまま帰ることにした。

交換ノートには、シッターの予定は一応もう一日あるので、本調子でないだろうから、香取の代わりに散歩をするつもりだと書いた。もちろん、自分がいるから必要ないと思えば、店に連絡をしてくださいとも書いておいたのだが、店に断りの連絡は来なかった。

学校の授業を終えて、真っ直ぐ香取の部屋に向かい、インターフォンを押す。合鍵は預かっているが、部屋主がいるかもしれないと思ったから使わなかった。

熱は完全に下がっただろうか。体調が戻ったからと、出張先にトンボ帰りしてはいないだろうか。

そんなことを思いながら応答を待っていたら、すんなりとドアが開いた。いてくれたと安《あん》堵《ど》して、同時に気恥ずかしさにドキドキする。

いろいろな偶然が重なり、ゲイナイトで出会った人と再会し、看病のためとはいえ一晩泊まった。どんな顔をして、何を話したらいいんだろう。

緊張しながらドアが開ききるのを待ち、出迎えてくれた人の顔を見る。

そこにいたのは、見知っている人ではあったけれど、思っていた人とは違っていた。

「やあ。ええと、ひー君、だったね。こんにちは、ご苦労様」

にこやかに光を出迎えてくれたのは、あの日やはりゲイナイトで知り合った、祐樹だった。

「あ、……こんにちは」

全然予想していなかったことに、反射で挨拶をしたきり、何も言えなくなった。

「ま、上がって、上がって」

まるで自宅のように祐樹が光を招き入れた。以前はラフな私服だったが、今日は仕事帰りなのか、ワイシャツにネクタイだ。柔和な顔は相変わらず整っていて、爽《さわ》やかだ。

祐樹の後についてリビングに入る。ブランが尻尾を振って出迎えてくれた。奥のソファに香取がいる。グレーのシャツにジーンズ姿だ。

入ってきた光を見ると、香取が立ち上がった。香取の顔を見て光は一瞬ホッとして、その後何を言ったらいいのかが分からなくなり、その場で俯《うつむ》いてしまった。

緊張しながらも、なんとなく浮足立ってやってきたのが、思わぬ人の出迎えに出鼻を挫《くじ》かれてしまったような形になり、いつにも増してオドオドとしてしまう。

そんな光の態度に香取も何も言わず、やはり困ったようにその場に佇んでいる。

「ほら、正巳。何突っ立ってんだよ。まずは言うことがあるだろう？」

黙ったままの二人の様子に業を煮やしたらしく、祐樹が仕切ってきた。にこやかに「ごめんねー、愛想悪くて」と言って、光の腕を取って連れて行く。

「仕事はできるんだけどね。それ以外になるとネジが飛んでるっていうか、なんていうか」

ダイニングテーブルにある椅子《いす》に光を座らせると、祐樹が「今、コーヒー淹《い》れるから」と、これも我が物顔でキッチンに入っていってしまった。

香取と光の間を忙しく行き来していたブランも祐樹についていく。友人なだけあって、ブランも彼に懐いているようだ。しょっちゅうここに来ているのだろう。光が座らされた隣の椅子に、祐樹の上着が掛けてある。

「……体調はどうですか？」

光がようやく口を開くと、香取も「ああ」と声を出し、光の向かい側にやってきた。

「昨夜は迷惑を掛けた」

「あ、いえ。元気になったみたいでよかったです。インフルエンザじゃなかったんですね」

「違ったようだ。朝にはスッキリしていたし、もう完全に治った」

それはよかったと、目の前に座る香取の顔色を確かめようと顔を上げたら、バッチリ目が合ってしまい、慌てて下を向く。

「朝方帰ったみたいだが……」

「ああ、はい。朝覗いたら、よく眠っていたみたいなんで、そのまま帰りました。黙って出ていってしまってすみません」

「いや、こっちこそ、挨拶もできずに、おまけになんのお構いもできなくて……」

恐縮したような声に、いえいえと手を振った。

「そりゃ……、お構いできるようなら、昨日のうちに帰っていましたし」

「そうか。そうだな。とにかく助かった。ありがとう」

大きな身体を折り、香取が頭を下げる。

「……あ、そんな。大丈夫です」

丁寧なお礼に狼狽えてしまい、声も小さくなる。昨夜の心細そうだった様子は微塵《みじん》もなく、しっかりとした大人の態度を示されると、どうしても硬くなってしまう。香取のほうも、昨夜とは打って変わった光のぎこちない態度に、困惑している様子だ。

「いやー、それにしても、ブランのシッターさんがひー君だったとはね」

コーヒーを運んできた祐樹が、そう言いながら光の隣に座った。楽しそうに笑い、光の顔を覗いてくる。リビングの空気がまた変わった。

「光くんっていうんだって？　江口光くん」

「あ、はい」

「そうか。だからひー君だったわけね」

納得したと頷いて、「俺は西藤《さいとう》祐樹」と自己紹介してきた。

軽く笑い、よろしくと言って、祐樹——西藤が手を差し出してきた。戸惑いながら握手に応じる光を楽しそうに見つめてくる。

「それにしても、凄い偶然だよね。話聞いてさ、驚いたよ。いいシッターが見つかったって喜んでいたからさ、そしたら君だったたって」

「ありがとうございます。ええっと、僕もびっくりしました」

「だよね。今までもいろんな人が来たんだけどさ、なかなか懐かなくて、苦労したんだよな。

俺も頼まれて、たまに面倒見てたのよ」

「ああ、そうなんですね」

長い付き合いで、気安い仲なのだろう。西藤は「よかった、よかった」と頷いて、しきりに喜んでいる。

「これで出張とか、旅行なんかも気兼ねなく行けるよな。本当、こいつ忙しいやつでさ。熱出して倒れる寸前になるまで自分で気が付かないって、大人として駄目だろ」

以前のゲイナイトと同じく、西藤が軽い調子でしゃべっている。今日は源太もいないので、香取と光は黙って彼の話を聞くだけだ。

「本当よかったわ。短期間でブランが懐くなんてまずなかったんだよ。預かったはいいが、後でお腹壊したりしてさ。ほら、この子臆病《おくびょう》だし、ちょっと難しいだろ？　俺だってこの子に認められるまで相当時間が掛かったんだよね。君、凄いよ」

「はあ……」

「どんな人なんだろうねって正巳と話していたんだよ。まさか君だったとは、ね。正巳もよかったよなあ。ゲイナイトん時もさ、こいつ、先に帰っちゃったことを気にしちゃっててさ。大丈夫だったか、悪いことしたって、後からグダグダ始まっちゃって。そんなに気になるなら連絡先くらい交換しておけって、なあ」

「あ、いえ、全然そんなことないですから」

「そうなの？　でもまあ、こうしてまた会えたわけだし、しかもブランのシッターさんだったって。最高じゃないか」

「あ、はあ……」

「そういうわけで、光くん、よろしく頼むね」

飼い主を代弁して、西藤がブランのことを頼んできた。もちろんいい加減なことはしないし、これからも依頼があれば精一杯ブランの面倒を見るつもりだが、なんというか、……何処か腑《ふ》に落ちない気持ちに陥った。

「こういうことってあるんだなって、俺も驚いたよ。本当、仲良くやってね」

「それはもちろん、誠心誠意やらせてもらいますが、……でも、もう少し、ブランのことを気に掛けてもらえませんか？」

香取がブランのことを可愛がっているのは昨夜のあの様子で理解したし、光だってブランのことは特別に可愛いと思っている。だけど、いいシッターが見つかったから心置きなく家を空けられると言われると、反発したくなるのだ。

しかも本人ではない人によろしく頼むなんて、そんな風に言われたくない。だって、留守にされて寂しい思いをするのはブランで、そうさせているのは飼い主の香取だからだ。

「飼い主の不在はペットにとっては物凄いストレスなんです。いない間の世話はできても、ストレスを完全になくしてあげることはできません。仕事が忙しいのは仕方がありませんが、だったら帰ってきた時に、ちゃんと心のケアをしてあげてください。寂しい思いを埋められるのは、ブランにとって香取さんしかいません」

光の言葉に西藤は啞然《あぜん》として黙り、向かいにいる香取は、表情を動かさないまま光を見ている。

「すみません。生意気な口を利いて。ですが……」

緊張もあり、幾分強い口調になってしまい、すぐに後悔したが、それでもブランのために言ってやらなければと思い直し、一瞬下を向いた頭をしゃんと上げた。

「ブラン、右の前足の毛が抜けています。僕も昨夜初めて気が付いたんですが、皮膚炎か、もしかしたら心因性の脱毛症かもしれないです。香取さん、知っていましたか？」

西藤についてキッチンから戻ってきたブランは、今は香取の横にいて、じっと香取を見上げている。

「そうなのか？　ブラン、足を見せてごらん」

香取の「お手」の言葉に、ブランが前足を差し出した。受け取った香取がじっとブランの足を観察する。

「足の先の部分、ピンク色になっているでしょう？　齧ったり、舐めたりして、そこだけ毛が抜けちゃって、地肌が見えているんですよ」

「本当だ。……気が付かなかった」

「いつからあったのか、僕も分からなくて。先週来た時は、気付きませんでした。もしかしたら、その時からあったのかもしれません。すみません」

「いや」

光が頭を下げると、香取が首を振り、ブランの足を離した。ブランは香取を見上げたまま、次の命令が来ると思ったのか、両前足を揃《そろ》え、行儀よく待っている。

「これは……、俺のせいだな。俺が留守ばっかりしているから」

律儀に香取を見上げているブランの小さい頭を撫でながら、香取が情けなさそうな声を出した。

「診てもらわないと分かりません。脱毛にはいろいろな原因がありますから。怪我からくる炎症や、細菌、カビ、アトピーや、内臓疾患からくることもあるから。まず医者に連れて行ってあげてください。それで原因が分れば治療をすればいいですし……ストレスが原因なら、それをなくしてやらないと」

それができるのかと、目の前にいる飼い主を見つめた。

「……光くん、コーヒー飲みなよ。冷めちゃうから」

取り成すように西藤が声を発した。

「正巳、お前時間作れるのか？　今日はもう夕方だしな。出張も切り上げてきちゃったし、また来週行くんだろう？」

「ああ、なんとか作る。日曜なら……、医者やってたっけかな」

「日曜日ってやってないんじゃないか？　なあ」

「じゃあ、土曜か……」

香取が難しい顔になる。頭の中でスケジュールの算段をしているようだ。

「そういうのって、光くんに頼めないのか？」

西藤が光に聞いてきた。

「獣医に連れて行くことはできます。『モフリー』に連れてきていただければ、日曜でも専属の獣医さんに来てもらうこともできます。うちは介護もしていますから」

「そうなんだ。よかった」

ホッとしたような西藤の相槌に、「でも……」と言葉を続ける。

「『モフリー』での診療はあくまで緊急の措置です。自分の飼っているペットを医者に連れて行けないほど忙しいなら、……飼う資格はないんじゃないでしょうか」

ペットを飼うということは、責任を持つということだ。生きているのだから、怪我もするし、病気にだって罹《かか》る。もちろん年も取るし、介護も必要になるだろう。それらを全《まっと》うする覚悟がない人には、動物を飼ってほしくない。

「依頼されたらもちろん引き受けますし、ブランが健やかに生活できるよう、僕だって全力でお手伝いしたいです。凄く可愛いし、いい子だし、大好きだから。だけどやってもらえるからって、最初からあてにするのは、違うと思います。飼い主は香取さんです。飼い主がそんなじゃ、医者に行って一時的に治っても、また同じことになるんですよ」

シッターとして、たぶん言ってはいけないことまで言いきってしまったのだと思う。香取は眉間《みけん》に皺を寄せたまま黙っているし、西藤も気まずそうだ。ブランはそんな二人を見比べ、心配そうに鼻を鳴らしている。

「ブランは今も、香取さんのことを心配していますよ。昨日だって、早く元気になってほしくて、一生懸命お見舞いしていました。いつだって飼い主さんのことが一番なんです。犬は口が利けませんけど、代わりにいろんなサインを出しているから。それをちゃんと見てあげてほしいんです。これじゃあ……ブランが可哀想だ」

おいで、とブランを呼び、光は立ち上がった。

「ブラン、散歩行こうか」

重い空気を振り払うようにブランに話し掛け、リードを用意した。

「……光くん、コーヒーは？　せめて飲んでから行ったら？」

西藤が言い、光は「いえ」と固辞した。

「僕はシッターなので、そういうお気遣いはしないでください。香取さんの体調が悪いようなら代わりに散歩させようと思って来ただけですから」

光は香取の友人ではないし、テーブルに着いてお茶をしながら歓談するために来たわけでもない。仕事をしに来たのだから、仕事がなければ帰るだけだ。

「『モフリー』に連絡がなかったから、そのつもりで来たんですけど。それとも今日は、西藤さんが連れて行きますか？　昨日はお使い程度しか歩かせていないので、少し遠出をさせてあげたいんですが」

どうするの？　と西藤が香取の顔を覗いている。散歩を期待したブランは、すでに嬉しそうに跳ねている。

「いや、俺は遠慮しておくよ。散歩慣れてないし、ブランを制御するのって難しいから」

胸の前で手を振って、西藤が言った。

「じゃあ、行ってきます。一時間ぐらいで帰ってきますから。ブラン、行くよ」

明るく声を掛け、リビングから出る。いってらっしゃいと、後ろで西藤の声がした。香取の声は聞こえてこない。

スニーカーを履き、玄関を出る。ブランが軽やかな足取りでついてきた。

完全に日の暮れた河原で、ブランが走り回っていた。周りには人も、他の犬の姿もない。何度か散歩していて、ブランと見つけた穴場スポットだった。すぐ近くにジョギングコースとして整備された場所があり、それ故に散歩コースから外れているらしい。他に誰もいない広場で、ブランの白い身体が跳ねているのが見える。

少し離れた草むらに腰を下ろし、楽しそうに遊んでいるブランを眺めながら、光は後悔していた。

飼い主の資格がないなどと、面と向かって言ってしまった。香取がブランに対し、十分に愛情を注いでいるのを知っているのに。

ブランの足の状態を指摘され、気が付かなかったと呟いた香取は、確かにショックを受けていた。それなのに追い打ちを掛け、責めるような真似《まね》をした。

依頼されたらやりますけどなんて、どれだけ傲慢《ごうまん》な物言いをしてしまったのかと頭を抱えた。香取が体調を崩すほど忙しいのを知っていて、また、ブランの状態もそれほど緊急性があるわけでもないのに、大袈裟《おおげさ》に騒ぎ、わざと不安を煽《あお》るようなことをしてしまったのだ。

逃げるようにブランを連れて出てきてしまったが、今度は戻るのが気まずかった。相当怒っているに違いない。アルバイトの分際で、何をあんな偉そうに説教じみたことを言っているのか。十四も年下で、お菓子みたいな髪の色をした若造なのに。

眉間に皺を寄せ、む、と黙り込んだ香取と、光の隣で唖然としていた西藤の顔を思い出すと、鳩尾の辺りがギュッと強く握られたように痛んだ。

「失敗したなあ。……シッター辞めさせられちゃうかも」

ブランは機嫌よく草の匂いを嗅いでいる。辞めさせられたら、この場所を次のブランの担当になる人に教えなきゃと考え、せっかく秘密の場所を見つけたのにと、残念な気持ちにもなった。

マンションを訪れる前までは、香取にこの場所を教えようと思っていたのだ。

思いがけずブランの飼い主と遭遇し、不測の事態で一晩看病をした。香取がゲイナイトで出会ったあの正巳だったことがなんとなく嬉しく、頭を撫でられたりしたものだから、勝手に親近感のようなものを持ってしまった。

あれも意見しよう、これも教えてあげようと、ブランを介していろいろと会話ができることを楽しみにしていたのに、会った途端に必要以上に攻撃的な言葉を投げ、挙句に逃げてきてしまったのだ。

「どんな顔をして戻ればいいんだろう」

西藤はまだあの部屋にいるだろうか。今頃、なんだあの生意気なやつは、辞めさせてしまえと言っているかもしれない。

玄関のドアが開いて、あの人を見た時から、調子が狂ってしまったのだと思う。

具合が悪くなって、香取は西藤に連絡をしたのだろう。香取の代わりに光を迎え、自分の家のようにコーヒーを準備していた。香取を庇《かば》い、取り成そうとしていた。もしかしたら友人以上の関係なのかもしれない。

結局光は、勝手に親近感を持ち、なんとなく楽しみにして香取の部屋にやってきて、香取ではない人が部屋にいたことで、楽しみを台無しにされたような気分になり、その不満をぶつけてしまったのだ。

「遊びに来たわけじゃないのにね」

考えてみれば、昨夜香取は熱を出していて普通の状態ではなかった。それなのに、香取が嬉しそうに光に世話をやかれているように感じ、昨日と同じような雰囲気になることを期待して、まるで親しい人の家に遊びに行くような感覚で来てしまったのだ。

源太以外の友だちなんか、一人もいないくせに。

「ブラン、そろそろ帰ろうか」

いつまでもここで時間を潰しているわけにもいかず、そう声を掛けると、ブランが弾《はじ》けるようにして走ってきた。光の側まで来て一旦止まり、思わせ振りにまた向こうへ走っていく。

「こら、帰るよ。おいで」

ワフ、と鳴いて寄ってきてはまた逃げる。繰り返す追いかけっこは、光とブランとの帰り際のいつもの行事だ。

臆病な性質で、だけど気を許している相手にはとことん甘え、遊ぼうと誘ってくる。散歩の途中に人とすれ違えば、項垂《うなだ》れ、尻尾を落とし、光の後ろに隠れるようにして歩くのに、今は帰りたくないと我儘《わがまま》を言い、光が追ってくるのを待ち、はしゃいで逃げる。

「香取さんもこんな風に追いかけっこしてくれるのか？　ブラン」

香取と散歩に出掛ける時、ブランはどんなだろう。そして香取はどんな風にブランと歩き、遊んであげているのだろうか。

「一緒に散歩してみたかったな。シッターだから無理なんだけど。香取さんが散歩できるんなら、僕はいらないしね」

ウサギのぬいぐるみを顔に押しつけられ、困りながら礼を言っていた。

ブランと交互に頭を撫でてくれた。

ブランに「愛しているよ」と言っていた。

「お前、いつもあんな風に言われているのか？　いいな」

甘く優しい声だった。自分に言われたわけでもないのに、あの時嬉しかった。「愛してる」のお裾分けをもらい、きっとそれで浮かれてしまったのだろう。

「よし、帰ろうか。ブラン、……一緒に謝ってくれる？　香取さん、ブランには甘いから」

追いかけっこの果てにやっとリードを付けてくれたブランの頭を撫で、取り成してくれよと頼んだ。

「怒っているかな。……怒ってるよなあ」

犬を連れてトボトボと来た道を戻る。叱られるのが分かっていて、それでも帰るしかない、小さな子どものような気分だった。

ゆっくり時間を掛けてマンションまで戻った。家が近づいてくると、リードを引くブランの力強さが増してくる。散歩も楽しいが、大好きな飼い主にも早く会いたいのだろう。

「おかえり。随分遠くまで行ってきたんだね」

マンションの前にあるガードレールに腰掛けていた西藤が立ち上がった。

「待っていたんだよ。ちょっとだけ付き合ってくれないかな。ブランと一緒に」

散歩に出掛けてから一時間以上が経っていた。ずっとここにいたのかと、戸惑っている光に構わず、西藤はマンションのすぐ脇にある自動販売機にコインを入れた。

「さっきほら、コーヒーも飲まないで出掛けちゃったからさ。俺の奢《おご》り。飲んで」

二本買ったうちの一本を渡される。西藤はまたガードレールに腰掛け、缶を開けてしまっていた。

西藤がまだ部屋にいるかどうかと考えながら戻ってきて、まさかこんなところで出迎えられるとは思っていなかったので、光はまた困惑してしまった。だけど先ほどの自分の失礼な態度を考えたら断ることもできず、光も仕方なくガードレールに腰を下ろした。

携帯していた折り畳み式の容器を広げ、そこに水を注ぐ。光の足元で、ブランが水を飲むのを確認し、自分も西藤にもらったコーヒー缶のプルタブに指を掛けた。

「なんかごめんね。掻《か》き回しちゃって」

光が落ち着いたタイミングを見て、西藤が謝ってきた。

「場を盛り上げようとはりきっちゃってさ。調子に乗り過ぎた」

「え、いえ……っ、僕のほうこそ、きついことばかり言ってしまって、すみませんでした」

両手で缶を持ったまま、腰を下ろしていたガードレールから急いで立ち上がり、光は頭を下げた。西藤は「そんなことは全然気にしていないから」と、笑っている。

「せっかく淹れてもらったコーヒーもあんな言い方で断ってしまい、本当……すみません」

尚《なお》も謝罪を続ける光に、西藤は笑顔のまま「座って」と言った。

「説教しようと思って待っていたわけじゃないし。ひー君、……じゃないや、光くんが言ったのは本当のことだし」

「いえ、でも……」

座ってと、もう一度促され、光はまたガードレールに腰を下ろした。西藤は相変わらず爽やかな笑顔で、「気にしていないから」と繰り返す。

「本当、本当。気分を害したなんてことはないよ。まあ、……あいつは落ち込んでいるんだけど」

可笑しそうにクックッと笑い、水を飲み終わったブランの頭を撫でている。

「土曜日、ブランを医者に連れてくってさ。なんとしても。なあブラン、可哀想だったなあ」
ハ、ハ、と息を吐きながら見上げているブランに西藤が言った。

「それもあの、ブランの状態もそんなに酷いってわけでもなく、僕が大袈裟に言ってしまいました。もちろん、僕も連れて行けますし、香取さん、忙しそうだし、それで仕事に支障を来したりしたら、僕……」

昨日あんなに熱を出したのだ。ブランを医者に連れて行くために無理をしたら、またあんな風になるかもしれない。

焦って話す光に西藤は「大丈夫」と無責任な太鼓判を押してくる。

「仕事のほうはね、なんとかなるから。だいたいあいつ、詰め込み過ぎなんだよ。今回がいい薬になって、周りに任せることを覚えたほうがいいんだって」

責任感が強過ぎて、なんでも一人で抱え込もうとするからああなるんだと、西藤が香取を批判し、心配する。

「ブランのことも、ないがしろにしていたわけじゃあないんだ、断じて」

そして友人の名誉のために援護した。

「はい。知っています。本当、さっきは言い過ぎました。香取さんはブランのいい飼い主さんです」

反省している光に、西藤は「よかった」と言ってコーヒーを飲んだ。コク、と喉を鳴らし、ふう、と溜息を吐く。

「あいつ今、会社を経営してるんだけど。コンサルティング会社っていうのをね。その中の顧客が飼っていた犬なんだ、ブランは」

大学を卒業し、公認会計士の資格を取った香取は、企業を転々としながら実務経験を積み、四年前に経営コンサルティング会社を立ち上げたのだそうだ。

「あいつとは大学の同期で、会計事務所で一緒に働いていたこともあるんだよ。あの頃から優秀なやつでさ。努力家で、今もやたらと勉強している」

「そうなんですね」

リビングに広げられた、たくさんの難しそうな本を思い浮かべ、光は相槌を打った。

「俺は今もその会計事務所に所属していて、時々あいつの仕事を手伝っているんだ。今日もその関係で連絡が来てさ。ここに寄ったわけ」

西藤以外にも銀行業界や法曹界で幅広い人脈を持ち、香取本人も不動産や継承関係など、コンサルティングに必要な様々な資格を働きながら取得した。

堅実な仕事振りは評判がよく、業界では若い部類でまだまだ小さな会社だが、かなりの優良企業として急成長を遂げているらしい。

「見た目も真面目そうなんだけど、中身はそれ以上でさ、献身的っていうか、ブランのこともそう。骨身を惜しまないんだよね。だから周りに信頼される。仕事ができる云々《うんぬん》はもちろん経営者としての最低限の条件なんだけど、人脈っていうのはそれだけじゃあ得られない。まあ、俺があいつに敵《かな》わないなって思うのはそういうとこなんだ」

そう言って西藤は「あいつには内緒ね？」と、悪戯っぽい笑みを浮かべた。

「とにかく誠実で仕事に関してはできるやつ、……っていうか、そこに全部注ぎ込んじゃっているからね、他がグダグダっていうか」

「なんか……分かります」

直接の接触の機会は少なかったが、今までの経緯で、西藤の話にすべて納得する光だ。

光の相槌に西藤は「そうなんだよ」と頷いた。

「でね、そういうのを知っているから、あいつの代わりに言い訳をさせてもらいたいんだ。君の指摘は真っ当だからさ、正巳は絶対に言い訳しないだろうってね」

「あ……、ですからそれは……」

「うん。分かってる」

光の言葉を西藤が柔らかく制し、「これは俺の勝手なお節介だから」と話を続けた。

「ブランと正巳のことを、君には知っていてもらいたいっていう、俺の勝手な気持ち」

ブランが西藤を見上げている。自分のことを話題に出されているのが分かるのか、大人しく座っているブランを、西藤が優しく撫でた。

「ブランの元の飼い主に依頼されて、経営再建の手伝いをしたんだよ。二年前かな。だけど上手くいかなくてね。タイミングが遅すぎたんだな。あいつも頑張ったんだけど」

全国に数多《あまた》ある企業は一部を除き、何処も綱渡りの状態で、波に乗って上昇できる企業もあれば、被《かぶ》った波に流されたまま、消えてしまう企業もある。

ブランの元の飼い主の会社もそんな中の一つで、再建の途中、持ちこたえられずに倒産してしまった。

「債務の整理や従業員の給料の確保に走り回って、なんとか形よく終わらせて、まあ、……最悪の事態にはならなかったっていうだけなんだけど」

夜逃げをするほどの酷いことにはならなくても、それまでしていた生活は維持できるはずもなく、そんなゴタゴタの中、経営者は飼っていたブランを手放した。

「打ち合わせの段階で、ブランとは何度か会ってたんだって。手放したって聞いて、譲った先に連絡を入れてもらって、そしたらもうその人も手放したって。途中で消息が分からなくなったんだよ。中には警戒する人もいて、……いろんな人がいるから。それでもどうしても気になって、それからずっと捜してたんだよ」

そして一年後、ブランが見つかった先は、飼いきれなくなった動物たちを保護するシェルターだった。

「珍しいし、綺麗だし、ほら、見た目大人しそうだろ？　飼い手は見つかるんだけど、思ってたのと違うって、また手放されて。一年の間、いろんなところをタライ回しにされて、最後には野良《のら》みたいになっていてね。捨てられたのか、逃げたのか。それでシェルターで保護されたみたいだ。急いで引き取ってきたんだけど、正巳自身も数回会っただけだし、懐かれていたわけでもないしね。でも、どうしても可哀想で、連れてきたんだって」

引き取られた先々で、ブランがどんな目に遭っていたのかは分からないが、保護されたブランは完全に人間不信に陥っていた。連れて帰っても、部屋の隅に用意したケージに逃げ込み、そこから動かなかったという。撫でようとして噛みつかれそうになったこともあったと。

「……そうですか。大変だったんですね」

繊細で大人しい犬種といっても、本気で噛みつかれれば深刻な事故に発展する。躾をされていない大型犬は本当に危険で、そんな酷い目に遭っていたのならなおさらだ。

「よく、香取さんも諦めないでブランの面倒を見ましたね」

トラウマを植えつけられた犬は、絶対にそれを忘れない。懐かなければ可愛くないと思うだろうし、だからこそブランはタライ回しにされたのだろう。

「あいつもさ、そういう経験があったんだ。子どもの頃」

え、と西藤を見る。西藤は相変わらず笑みを浮かべたまま、光を見返してきた。

「正巳んところの両親も会社経営しててね、それで倒産させたんだ。その時に飼っていた犬を、親が手放しちゃったんだって」

ボルゾイではなかったが、かなり大きな犬だったという。とても可愛がっていて、小さな香取にとっては兄のような存在だったらしい。

「両親とも忙しくて、その犬が育ててくれたみたいだったって言っていた。冗談交じりだったけど、案外本気で家族以上の愛情を持っていたんじゃないかな」

香取の幼少時代の姿を想像してみるが、今の印象が強過ぎて上手く思い浮かべられなかった。だけど自分よりもだいぶ大きな犬と一緒に遊んでいる姿は想像できた。昨夜ブランにしたように、愛しげに撫で、あの柔らかい声で話し掛けていたんだろうと思う。

「経営コンサルティングの会社を立ち上げたのも、そのせい。自分や、両親や、飼っていた犬みたいな目に遭わせたくないっていう。それを実現させた」

「そうなんですか。凄いですね」

「騙《だま》されたんだって言っていた」

「……え？」

「経済詐欺《さぎ》っていうやつ」

企業を対象にした大規模な詐欺に引っ掛かり、会社も香取の家庭も、一気に崩壊した。

「巧妙な詐欺でね、気が付いた時には何もかも失っていたって言っていたよ。なんだか人がわらわらとやってきたと思ったら家の物がどんどん運び出されて、いつの間にかその犬も消えていた。犬のことを聞いても、親はそれどころじゃなくって、結局それっきりだった。だからブランを発見した時、どうしても引き取りたいと思ったって」

子どもの頃、何も分からないまま手放してしまった兄のような存在だった犬の代わりに、香取はブランを引き取り、可愛がろうと決心したのだと。

「本当、ブランを引き取った当初は相当大変だったよ」

香取の奮闘を知っている西藤は懐かしそうにその頃を振り返る。

「そりゃもう凄い献身ぶりで。ほら、あいつってこうと決めたらがむしゃらだからさ」

そう言って西藤がブランに「なあ」と同意を求めた。ブランもそうだというように、オン、と一声吠える。

行く先々で捨てられて、傷付ききったブランを、香取はどんな風にして安心させたのだろう。生半可な努力と愛情ではこうはならなかったと思う。しかも、引き取られてきたのはたった一年前だと言うのだ。

「仕事に全部注ぎ込んでいるって言ったけど、訂正。仕事とブラン。この二つだった」

西藤が笑った顔のまま、光のほうを向く。

「まあ、……最近は、もう一つのめり込みそうな事案が発生しているみたいだけど？」

「へえ。そうなんですか」

「あんな澄ました顔しているけど、心の中は台風が吹き荒れてるみたいよ。しっちゃかめっちゃか」

「大変ですね」

「見てて面白いんだわ」

「はあ……」

「俺も柄にもなくお節介したくなったりしてね」

「そうですか」

「うん。そうなの。俺って基本的に人のことは関係ないっていうか、自己中なんだけどね」

西藤の声が楽しそうで、光はよく分からないまま相槌を打った。とにかく、香取のブランに対する愛情は相当なもので、諦めず、根気強く関わり、だからこそブランはここまで回復したのだということは分かった。

それなのに、自分はなんて酷いことを香取に言ってしまったんだろう。

「……だからさ、もうちょっとだけ、見守ってあげてよ」

俯いてしまった光の顔を覗くようにして、西藤が言った。

「あいつも反省してるし」

「いや、そんな……香取さんが反省することなんてないんです。あれは僕が一方的に……」

「今頃寝込んでるかも」

「え……」

「っていうのは冗談だけど」

西藤の一言一言に翻弄《ほんろう》され狼狽える光を見つめ、西藤が目を細めた。

「辞めるとか言わないでよね？」

「でも……」

光が辞めたくないと思っても、香取は違うかもしれないのだ。

「ブランもこんなに懐いているしさ。担当替わったら、正巳は絶望するよ、きっと。俺がこんなことをごり押しする立場じゃないんだけど。あいつを代弁して、お願いする」

「……ええ。それは、もう、……はい」

香取のためにも辞めないでと頼み込まれ、曖昧に頷くしかない。

光の了承に、西藤が「よかったあ」とあからさまに安堵したような声を出した。

「じゃあ、そういうことで、早く行ってあげて」

一方的に香取の事情を語るだけ語って、今度は光を急《せ》かす。ブランも早く帰ろうと、尻尾を揺らしながら光を見上げてきた。


マンション前で西藤と別れ、光はブランを連れて一人きりで香取の部屋に戻ることになる。西藤から香取とブランとの強い絆《きずな》のことを教えられ、その上でよろしく頼むと託された。頷いたものの、やっぱり気まずい。西藤は絶対怒っていないと言っていたが、分からないじゃないかと思う。

ドア前までやってきて、鍵を使おうかどうかと迷い、光は結局インターフォンを押した。いるのは分かっているし、それなら自分の家でもないのに勝手に開けるのはおかしい。

……と、理由を見つけてみるが、実は部屋に入り、香取と二人きりで対峙《たいじ》するのが怖いと思ったのだ。インターフォンを鳴らしドアを開けてもらったら、その場で丁寧に謝罪し、すぐに帰りたかった。

ドアは重厚で、中の音は聞こえない。だけどブランが明らかにソワソワとしたから、香取が玄関まで来たのだなと思った。

そしてゆっくりとドアが開く。さっきと同じ、グレーのシャツにジーンズ姿の香取が立っていた。

光を認めると、香取は口角を引き、真っ直ぐだった眉が僅かに下がる。笑顔に見えるそれは、光が帰ってきたことに、ホッとしたように感じた。

ドアが開ききる前に、ブランが光の足元を抜け、スルリと中に入っていってしまった。

「あ……、ブラン。足を拭かないと」

焦って声を出し、追い掛けようとしてハタと止まる。そうしたらドアが全開になった。

「入って」

ドアに手を掛けたまま、香取が言った。光が中に入るまでドアを支えていようとする素振りに、思わず一歩前に出ると、光の後ろでドアが閉まってしまった。慌てて引き留めたブランは玄関の三和土《たたき》できちんと座り、光を待っていた。

「ブランの足は俺が拭こう。先に中に入っていてくれるかな」

穏やかな声に小さく頷いて、光はスニーカーを脱いだ。

「よし、ブラン。足を綺麗にしような」

香取がしゃがみこみ、用意してあったタオルでブランの足の汚れを拭き始めた。立ったままただ見ているわけにもいかないので、光は言われた通りにリビングに入った。

テーブルの上にあったカップはすでに片付けられていて、いつも積まれてある本はなく、そのまま床に置かれていた。客が二人も来たために、便宜上場所を移しましたというのが窺える。西藤の言っていた、仕事に関しては物凄く優秀だけど、後はグダグダだという言葉を思い出した。玄関ではブランと香取がじゃれ合っている声が聞こえる。

「よし、前は綺麗になったぞ。次は後ろだ。ほらブラン、ごろーんだ。ごろん」

仰向《あおむ》けにさせて足を拭いているらしい。ワフ、ワフ、というブランの声がする。

やがてブランを伴い、香取もリビングにやってきた。

改めて向かい合い、光は深く頭を下げた。

「さっきはきついことを言ってすみませんでした」

「いや。こちらこそ。ブランの状態に気付かず、人任せにしてしまって、反省している」

「いえ、そんなことはないです」

「足のこと、よく気が付いてくれたな」

怒るどころか、逆に褒めるような言葉をもらい、恐縮してしまった。香取は相変わらず口角を少しだけ上げた、笑顔の一歩手前のような顔をして光を見ている。

「指摘されなかったら、今でも気付かなかった。それから医者のことも。土曜に早速連れて行くよ。せっかくだから健康診断もしてもらおうと思う」

「それはいいことだと思いますが、仕事、大丈夫なんですか？」

「ああ、そっちはなんとかかね、調整する」

そう言いながら、香取がキッチンに入っていった。

「お茶……、飲んでいってくれ」

カウンターの向こうから顔を覗かせ、香取が頼むように言ってきた。

「あ……はい。じゃあ、いただきます」

カウンター越しの香取が、今度ははっきりと笑った。大きく横に引かれた唇の間から、白い歯を覗かせている。

「コーヒーは嫌いか？　緑茶のほうがいいかな」

「あ、いえ。そんなことはないですが、じゃあ、緑茶がいいです」

コーヒーは今さっきマンションの下で飲んだばかりだ。光の返事に、香取がキッチンの戸棚を開けた。大きな背中がなんとなくいそいそとしている。

ブランのほうも、座っている光の膝に鼻をくっつけ、それからキッチンに戻り、香取にタッチしてはまた光のところに来てと、こちらも忙しくしていた。

カウンターの向こうで動き回っている香取と、ギャロップを踏んで行ったり来たりしているブランの姿がどちらも嬉しそうで、二人は似ているんだなと思ったら、緊張で強張っていた身体の力が、ふっと抜けた。

湯呑《ゆの》みを二つ運んできた香取が、一つを光の前に、もう一つを向かい側に置き、そこに座った。じっと光のほうを見ているから、「いただきます」と小さく言って、湯呑みを取ると、合わせたようにして、香取もそれを口に持っていった。二人の間を行ったり来たりしていたブランは、テーブルの下のちょうど真ん中に座っている。

「……あー、江口くん、……光くんでいいかな」

しばらくの沈黙の後、湯呑みをテーブルに置いた香取が口を開いた。

「あ、はい。どっちでも」

「じゃあ、光くんで。俺も、正巳でいいから」

「え」

いいはずがないだろうと、正面にいる人を見つめた。目が合った香取は、うん、と厳かに頷いている。

「……いえ。それはちょっと……」

「どうしてだ？」

不思議そうにこちらを見るから、困ってしまった。光から見れば香取はクライアントで、しかもだいぶ年上なのだ。香取が光を下の名前で呼ぼうが呼び捨てにしようが、それは構わないが、こっちが同じように呼ぶわけにはいかないだろう。

「最初からそう呼ばれていたし、構わないと思うんだが」

「……構わないんですか、ね」

「俺は構わない」

キッパリと言って、光が同意をしないことに、むぅ、とした顔をしている。そんなに呼ばれたいのか、どうしても。

テーブルの下にいるブランに助けを求めて手を伸ばした。指にブランの鼻先が当たり、ぺろっと舐められる。

「え、と、じゃあ、……正巳さん、で」

お互いの呼び方で争うのもなんだし、ご本人がそう望まれているならと、承諾した。名前を呼ばれた香取は、ぅん、とも、ぉお、ともつかない声を出し、湯呑みを口に持っていった。

またしばらく、沈黙が続く。

戸惑いはあるが、気まずさはなかった。お互いに謝罪し、受け入れてもらい、気持ちが落ち着いたのがあるのかもしれない。

前に一緒に酒を飲んだ時は、店の賑やかな空気のせいかと思ったが、それがなくても、いつも人と対峙したときに感じる息苦しさを感じなかった。

不意に源太が言っていた言葉を思い出す。光が香取に懐いていたと。

そんな覚えはないし、現に今だって二人きりでいるこの空間にソワソワした気持ちでいる。だけどやっぱり逃げ出したくなるほどの恐怖が湧かないのが、不思議だと思った。

誠実で献身的なのだと西藤も言っていた。光も香取のことをそう思う。だからなのか。よく分からない。香取の淹れてくれた緑茶は美味しくて、テーブルの下にはブランがいる。それのせいなのかもしれない。

「……ブランのこと、さっき下で西藤さんに聞きました。ブランはここに来る前までは大変だったんですね」

光の声に、香取は不意を衝《つ》かれたように顔を上げ、それから「あいつ……」と小さく呟いた。西藤が下で光を待っていたことを知らなかったらしい。

「たったの一年で、よくここまで人間に対する信頼を回復したと思います。どんな方法を使ったんですか?」

放置や虐待を受けたペットたちの現状を光は知っていた。再び愛情深い飼い主と出会い、幸せな生活を送る彼らの美談もよく見聞きする。だけどそれは稀《まれ》なケースで、悲しい結末になってしまうことが多いのも事実だ。それほどトラウマを持ったペットを引き取るというのは難しいことなのだ。

光の質問に、香取は「何も」と答えた。

「え……？」

「特に何かをしたわけじゃない。ただずっと一緒にいただけだ」

シェルターに会いに行った時、ブランはとにかく怯えきっていた。献身的に接してくれているボランティアの人にも、もちろん香取にも懐くことはなく、ただただ部屋の隅で丸まり、震えていたという。

「毛布に包んで、連れて帰って、あとはこの部屋でずっと一緒にいた」

「そうなんですか」

保護された時に健康状態はチェックされていたから、無理やり医者に連れて行くこともしなかった。ブランにとって、新しい人間は自分に恐怖を与える対象でしかなかったのだろう。寝室の隅の暗がりに逃げ込み用のケージを設け、寝床を作り、それからは特別に構うこともせず、静かに一緒に過ごしたのだという。

「仕事があるからな、ずっとと言っても一日中ってわけにはいかなかったが、それでもなるべく早く帰るようにした。ただ、家にいても何をしたわけでもない。触らせてくれなかったし、な」

テーブルの下からブランが顔を出した。西藤の時のように、自分の話をされているのがやはり分かるらしく、相槌を打つようにクゥン、と鳴き、香取の膝の上に顎を乗せてきた。

「連れてきた時に包んできた毛布と一緒に、ケージの中で引き籠っていたよ。俺が部屋を空けている時に餌《えさ》を食っているのは分かったから、それも放っておいた。そうしたら、一週間ぐらい経った頃かな、帰ってきたら、部屋の様子が変わっていた」

食事とトイレ以外は動いた様子がなかったのが、ある日帰ったら物の位置が変わっていたのだという。

「いろんなものが床に落ちていた。あ、悪戯をしたんだ、部屋の中を探検したんだなって思った」

大きな手で膝の上にあるブランの頭を撫で、香取があの頃のブランの変化を語る。

「それから、ここで仕事をしている時、背後で視線を感じた。振り返ると……いない。また仕事に戻る。何か後ろにいる。振り返る、いない。ってやっていたら、そのうちそこの隙間から、覗いているブランと目が合った」

辛抱強く、ブランが近づいてくるのを待った。ケージから寝室の隅、扉の陰、それからリビングとの境。何日も掛け、少しずつブランが近づいてくる。そしてある日、座っている香取のすぐ後ろにいたのだと。

「長いスタンスの『だるまさんがころんだ』だった。ここに来てから、一ヵ月近くは経っていたんじゃないかな。だけどまだ触らせてはくれなかった」

ここには敵もなく、二度と捨てられることもないということをブランが理解するまで、香取はただこの部屋にいて、一緒に生活をしただけだという。見守り、側にいて、声を掛け、反応が返ってくるのを待つ。

そのうち微妙な距離を取ったまま、ブランは香取と同じ空間で寛《くつろ》ぐようになった。トイレに立ったり、キッチンに行ったりする香取の行動を目で追うようになる。声掛けは欠かさず、だけど無理に距離を縮めたりはしなかった。ブランのほうから心を開いてくれるのを、ひたすら待った。

「ある時、仕事から帰ってドアを開けたら、玄関にブランがいた。俺が『ただいま』って言ったら、ワン、て尻尾を振って、……初めて頭を撫でさせてくれたんだよな」

その時のことを話し、香取が破顔した。「あの時は嬉しかったなあ」と言って、ブランを撫でる。それは光の頭の色を見てマカロンを思い出した時と同じ、大きくて無邪気な笑顔だった。

そこからはまた少しずつ、二人でいろいろなことに慣れていく訓練をした。香取にはなんとか慣れてくれたが、やはり他は駄目で、散歩に行くのに一番苦労したと、香取が楽しそうに言った。

「ベランダから外を覗くから、これはいけるかもと思って連れて行ってみたんだが、全然駄目。マンションを出て、すぐの角を曲がるとピタッと動かなくなってしまって。仕方なく抱っこして戻った。……死ぬかと思った」

「ブランを抱っこして歩いたんですか」

「そう。動かないから仕方がない。近所の人は珍しがってジロジロ見るし、あれは参った」

身体の大きな香取が、これもまた巨大なブランを抱いて歩く姿を想像し、思わず頬が緩んだ。さぞ大変だったろうと同情しながら、それは是非見てみたかったとも思う。

「お前、大変だったんだぞ。腰が折れるかと思ったんだからな」

その時のことを思い出し、香取がブランに言っている。

「だから散歩というより、外に出る訓練から始めた。ちょっとずつ距離を伸ばして」

新しい場所は怖がり、マンションが見えなくなるとどうにも不安になり、すぐに帰りたがるから戻る、を繰り返した。

「人とすれ違うのも嫌がってな。向こうにしてみれば、珍しいからじっと見るだろう？　声を掛けてくる人もいるし。そういうのを避けているうちに、結局散歩は真夜中になった」

夜中の十二時に、ブランを連れて外を歩いた。散歩には行きたい。だけど他所の人は怖いというブランの気持ちを汲んで、一ヵ月以上毎日のように真夜中の散歩をしていたと、香取はなんでもないことのように言った。

「凄いですね」

そうやって長い時間を掛けて信頼関係を築いてきたのか。

決して諦めず、見返りも求めず、ただただ愛情を注ぎ続けた香取に、ブランも徐々に心を開いていったのだ。

試され、甘えられ、少しずつ距離を縮め、この人は大丈夫と信じてもらえるまで、香取は待ち続けた。そして幸せな今のブランの姿がある。

「一年経った今はだいぶ落ち着いた。臆病なのは直らないが、それも個性だと思っている。そういうのも可愛いもんな、ブラン」

熱を出して寝込んだ夜も、ブランを決して邪険にせず、香取は全部受け入れていた。心配するブランに、大丈夫だよ、ありがとう、愛しているよと、声を掛けていた。この一年間、香取は言葉を惜しまず、ずっとブランに言い続けてきたんだろう。

愛情をたっぷりと注がれ、安心して甘えているブランを見ていて、羨ましいと思う。この人に愛される人は、きっと物凄く幸せなんだろうなと、大きな手で撫でられて、気持ちよさそうにしているブランを見て思った。

「だが、人見知りなのはどうしようもなくてな。仕事で地方に行く時は、さっきの西藤や、シッターに頼んだんだ。ホテルは無理だから」

「ああ、そうですよね」

いつも友人をあてにするわけにはいかず、シッターを雇っても、帰ってくるとブランが体調を崩し、困っていたのだそうだ。

「出張から帰ってくると、赤ちゃん返りっていうのか、前の状態に戻ることもあってな」

また飼い主が替わるんじゃないだろうか、また……捨てられるんじゃないだろうかと、部屋にいない主人を待ちながら、不安に駆られたのかもしれないと、香取は言った。

それが、光が担当するようになると、そういうことがなくなり、驚いたという。

「腹も壊さないし、俺が出掛ける前と状態が変わらない。いいシッターに当たったと思った」

「ありがとうございます」

光のほうに顔を向け、香取が柔らかい笑顔を作る。

「ブランが安定しているからと思い、気軽に頼むようになってしまった。光くんに言われてガツンときたよ。飼い主は俺だ。ちゃんと見てやれ、サインを見逃すなって」

「それは、……本当に言い過ぎで、すみませんでした」

「いや。確かにあてにして、君に甘え過ぎていたと思う」

光がシッターに入るようになってから依頼が増えたのは、偶然ではなかったのだ。

「引き取った当初は、なるべく自分が遠出をしないようにと調整していたのが、今は安易に君に来てもらえばいいかと考えるようになってしまっていた。そりゃ、しょっちゅう留守にしていたら、寂しかったよな。ごめんな、ブラン」

心底反省したように、香取がブランに謝っている。そんな姿を見ていると、罪悪感で胸が痛くなった。ブランとの今までの経緯を聞いた後ではなおさらだ。

ブランを引き取り、最初のうちはきっと外出もままならない状況だったはずだ。その分の仕事の皺寄せを今取り返しているのだろう。そんな事情も知らず、責めるようなことばかり言ってしまった。申し訳ないと思う。

「さっきの言い方は、本当に僕、大袈裟に言い過ぎて……」

香取のブランに対する愛情を疑うようなことを言ってしまい、本当に後悔していた。ブランのために無理をしろということではないのだ。忙しい香取が無理をしないで済むようにフォローするのが、光のシッターとしての役割なのだから。

「正巳さんは十分ブランのことを考えてあげていると思います。留守の間は、僕が正巳さんに代わって、ブランが寂しくないように、ちゃんと面倒を見ますから」

光の懸命の説得に香取は僅かに首を傾げ、その目が細められた。切れ長のきつい眼差しが、一瞬で柔らかいものに変わる。

「……辞めないでくれるか？　ブランのシッターを」

低い声は身体の大きさに似合わず小さくて、自信なさげだ。

「もちろん。通わせてください」

西藤にも下で言われた。辞めないであげてと。だけど頼まれたからではない。自分がここに来たいのだ。

光の答えを聞いた香取の表情がまた劇的に変わる。口端が横に引かれ、大きな笑みが現れる。そしてそんな笑顔のまま、「よかった」と心底安心したような声で言った。

「もう来ないと言われるかと思った」

「言わないです。僕こそ本当にすみませんでした」

「いや、俺が悪いんだから」

「全然悪くないんです。さっきのあれは、僕が一方的に因縁をつけました。ごめんなさい」

再び謝り合戦が始まり、香取が笑った。

光も笑い返そうとしたが、香取に見られていると思ったら意識してしまい、表情がぎこちなくなってしまった。上手く笑顔が作れない。

香取の笑顔からブランに視線を移す。ブランは香取の膝に甘えるように顎を乗せていた。

「……ブランはいい飼い主さんに出会えたんだね。いいな。羨ましいな」

ブランに言うと、ブランの真っ黒な瞳がこちらを向いた。ハ、ハ、と息を吐きながら光を見上げる顔は、笑っているみたいに見えた。

その顔が、そうでしょう？　と言っているようで、やっと光の頬が緩んだ。やっぱり二人は似ている。

「とにかく、シッターは辞めませんし、ここにも今まで通りに来たいです。ブランに会いたいし、僕もブランが大好きだから」

「そうか。よかった。ブランもよかったな」

香取がブランに言って、ブランも尻尾を振って応えた。

ブランが悠然とした姿で走り回っている。何か動く物でも見つけたのか、草の上で跳躍した。大きな白の身体の上に丸い茶の斑が浮かんでいた。

人気《ひとけ》のないいつもの広場でブランを遊ばせながら、光もいつものように腰を下ろし、自由に遊んでいるブランの姿を眺めていた。

そして、どうしてなのか、隣に香取が座っている。

「こんないい散歩コースがあったんだな」

光がブランと見つけた穴場スポットに、香取を連れてきていた。

香取が熱を出して出張を切り上げて帰ってきた日の翌週、『モフリー』に再びシッターの依頼が来て、光は香取のマンションを訪れた。そしていつものようにブランの世話をやき、部屋でしばらく遊んでやった後、これもいつものように散歩に出掛けようとしたところで、飼い主である香取が帰宅したのだ。

帰ってきた香取は何故か息を弾ませており、部屋にいる光を見ると嬉しそうにした。飼い主の予想外の早い帰宅に、もちろんブランもはしゃいでいた。

また体調を崩したのかと心配する光に、いや、まあ、うん、違うと、曖昧な声を出し、そしてせっかくだからと、ブランの散歩に同行することになったのだ。ブランは喜び、光も断る理由もないので、一緒に出掛けることになった。

香取に教えてあげたいと思っていた場所に本人を連れてきている。無理だと諦めていたのに、こんなに早くそれが実現するとは思っていなかった。

「いい場所を教えてもらった。明日からは俺もここを散歩コースに入れよう」

光の隣で光と一緒に、走るブランの姿を眺めながら、香取が満足そうに笑っている。

あれから香取は約束通りにブランを医者に連れて行き、診てもらった。検査の結果は特に異状は見つからず、やはりストレスなのではと言われたという。

結果を聞き落ち込んだ香取だが、それほど酷い状態でもないし、健康状態はいいのだからと慰められて帰ってきた。それを聞いた光も胸を撫で下ろし、香取を落ち込ませたことに自分も落ち込んだりした。

「今日は日帰りで大丈夫だったんですか？」

それだけに、シッターを依頼しておきながらも急いで帰ってきた香取に、光も責任を感じてしまったのだ。

「ああ。今回はスムーズに話が纏まったから、泊まらずに帰ることにしたんだ」

「そうなんですか」

「光くんがいるうちに帰ってこられてよかった」

笑顔のまま光のほうを向き、その目が細められる。

隣り合わせて座り、すぐ横から顔を覗くようにされ、そんなことを言われると、どう答えたらいいのか分からなくなる。

「そうですね。ブランも凄く嬉しそうです」

香取の視線を避けるように走っているブランに目を向けた。

ブランは大好きなご主人に見守られ、草の上を跳ね回っている。時々こっちへ走ってきては途中でピタリと止まり、逃げるような素振りをしながらまた走り去っていく。遊んでほしいという合図だ。

「よし、ブラン、ボール遊びをしようか」

散歩用の鞄からボールを出した香取が立ち上がった。香取の声を聞いたブランがその場で準備体操とばかりにぴょんぴょんと跳ねた。香取が大股《おおまた》でブランに近づいていく。

それ、と声を掛けて高く上げたボールをブランがジャンプしてキャッチする。上手くボールが取れたブランが誇らしげにクルリとその場で一回りし、香取のところまで持って行った。

立ち上がれば大人と同じ背丈になるようなブランが跳躍する。香取も大柄だから、二人の遊んでいる姿は迫力があった。日の暮れた広場で、外灯に照らされた二人のシルエットは、まるで映画のワンシーンのようだ。

ボルゾイと遊ぶ姿がこれほど絵になる人はいないんじゃないだろうかと考えながら、全力で遊んでいる一人と一匹を眺めていた。

恰好よくて、仕事もできて、その上優しい。

そんな人が光に向かって満面の笑みを浮かべ、光がいるうちに帰ってこられてよかったなんて台詞《せりふ》を吐《は》くものだから、落ち着かない気持ちにもなる。

まるで、光に会いたくて息せき切って帰ってきたみたいな、そんな勘違いをしてしまうじゃないかと思う。

だいたい、見た目があんな恰好いい人なのに、その中身の印象がどんどん裏切られていくのだ。その裏切られ方が、幻滅とか失望というのとまるで反対方向なのが困る。不愛想かと思っていたら、喜怒哀楽が激しく表情が豊かで、落ち着いた大人だと思っていれば、案外そうでもなく、無邪気で可愛かったりする。そんな裏切りは反則じゃないかとさえ思えてくる。

「よし、行くぞ、ブラン。……よーい、ドン！　っ、あ、待て、待て」

今も追いかけっこをしようとして、スタート時点で置き去りにされていた。引き返してきたブランを抱き締め、二人して転げている。服が汚れることも構わずに、草の上に尻をつき、大きな笑い声を上げていた。

立ち上がった香取がもう一度「よーい、ドン」と言い、光に向かって走り始めた。

今度は置き去りにならず、だけどやっぱりブランの速さには敵わなくて、ゴール地点の光の前で本気で悔しそうな顔をしている。本当に子どもみたいで、面白い人だ。

ブランに水を飲ませ、もう一度光の隣に座った香取もペットボトルを口にしている。ゴクゴクと音を鳴らし、喉仏が上下した。熱を測るためにこの首筋に触った感触を思い出し、急に心臓が騒ぎ出す。

「凄い体力ですね」

勝手に騒ぐ心臓を宥めるように、わざと明るい声を出すと、ぷは、とボトルを口から離した香取がこちらを向いた。十月も終わりに近い、しかも夜だというのに、香取の額には汗が浮かんでいた。真剣に遊んでいたらしい。

「いつもこんな風にしてブランと遊んでいるんですか？」

ブランも光が広げてあげた折り畳み式の皿に顔を突っ込み、ガフガフと音を立てて水を飲んでいる。

「休みの日や、時間がある時には一緒に走っているが、普段はその辺を歩くだけだな。今日は久し振りだよ」

「そうなんですね」

「ああ。でもあの喜びようを見たら、もっと走らせてあげないといけないな」

室内飼いしやすい犬だが、運動は不可欠な狩猟犬のボルゾイだ。

「毎日は必要ないですが、週に一度か二度ぐらいは、思い切り走らせてあげたいですね」

「そうだな。またここに来よう。他に人もいないし、気兼ねなく遊ばせられる。本当、いい穴場を教わった」

「ドッグランとか、凄く喜ぶと思いますよ。行ったことはありますか？」

「ああ、前に一度連れて行ったことがある」

ブランと暮らし始めて、散歩にも慣れた頃に、車に乗せて連れて行ったらしい。

「しばらくは走ってみたりして、少しは嬉しそうにしたんだが、他の犬に絡まれてな。ほら、ああいうところって、犬も興奮状態になっているだろ？　しつこく追い回されて、隅に逃げ込んで動かなくなってしまった」

「そうか……それじゃあ、可哀想ですね」

走る楽しさを覚える前に怖い体験をしてしまったのなら仕方がない。無理にストレスの掛かる場所へ連れて行く必要はないと思う。

人見知りも場所見知りも激しいブランだ。こうして誰もいない広場では縦横無尽に遊べても、昼間、人とすれ違えば未だに怯える様子を見せる。香取のお蔭で主人に対する信頼を回復しても、植えつけられたトラウマが消えることはない。

「それぞれの性質がありますもんね。そっか。それじゃあ仕方がないか」

本当は、明るい草の道を思う存分走らせてみたいとも思う。他の犬と戯れ、競争したり、じゃれ合ったりする楽しさを覚えたら、きっと素敵なことだろう。

「見てみたかったけどな。残念」

さっき香取と競争したように、他の犬と一緒に全力疾走するブランを想像し、小さく呟く。

「試しに行ってみようか、一緒に」

「え？　僕とですか？」

「そう」

「ドッグランに？」

戸惑って聞き返す光に、香取は相変わらず子どものような笑みを浮かべたまま頷く。

「光くんが付き添ってくれたら、ブランも喜ぶだろうし」

「……でも」

「俺も喜ぶ」

「……え」

意味が分からず、香取を見返す。大きな笑みを浮かべ、香取がもう一度「行こう」と誘ってきた。


細かく切ったさつまいもをレンジで温め、フードプロセッサーに入れる。一緒に強力粉とおからと豆乳も入れスイッチを押した。混ざったものをラップの上に広げ、麺棒《めんぼう》で平らに伸ばした。あまり薄くしても歯応えがなくなるし、焼く前に千切れてしまう。

真剣に取り組んでいる光の横で、源太がニヤニヤしたまま立っている。

「……ちょっと、影になるんだけど」

背が大きいからいるだけで邪魔くさいのに、さっきから退かない。

「真剣ねえ……。愛なの？　愛だわね？」

伸ばし終わった生地にナイフを入れていく。曲がらないように真っ直ぐに切るのが難しい。

「ねえ、型抜き使う？　ハート形の、あるわよ。去年のバレンタインで使った時の」

「いらない」

「あら、だってこれじゃあ色気ないじゃない？」

「色気いらないの。食べやすさ重視なの」

長方形に切り終わったクッキーの生地を、今度は一本、一本丁寧に捻《ね》じっていった。これを天板に載せ、オーブンに入れる。温度調節は源太がやってくれた。料理上手の源太は、気が向けば自分でパンも焼く。

「色も悪くない？　なんかドドメ色ね」

「皮ごと入れたから。そのほうがいいんだ。色関係ないし。食べるのは人間じゃないから」

ハート形も色気もいらない。これはブランにあげるクッキーなのだから。

日曜の朝、光はドッグランに行くための準備をしていた。香取の車に乗せてもらい、都内の施設に連れて行ってもらうのだ。

「ほら、初めての場所だから、ちょっとしたご褒美みたいなのがあったら、ブランも嬉しいかなって思っただけ」

本当にそう思っただけなのに、源太が一人で色めき立っている。是非弁当を持って行け、なんならアタシが作るから、と言われたが、流石《さすが》にそれはどうかと思った。……だって、それではデートみたいだし、源太に任せたらハート形のお握りとかタコさんウインナーとか入れられかねない。

それでもそんなことを提案してはしゃいでいる源太を見ていたら、なんだか光まで感化されてしまったみたいになり、それなら手作りのクッキーを焼こうかな、などと思いついてしまったのだ。

そして朝の五時に起き出して、せっせと準備をしている。

「じゃあ、せめてラッピングぐらいは可愛くしましょうよ」

「え、いいよ。普通のビニール袋で」

「駄目よ。ちょっと待ってて。アタシのをあげるから」

自分の部屋に入っていき、源太が大量の袋とリボンを持ってきた。光が何かを言う前に、「どれにしようか」と楽しそうに選び始め、諦めて任せることにした。

クッキーが焼き上がるのを待つ間、二人してコーヒーを飲む。美容師の源太は日曜も仕事があり、それなのにこんな朝早くから光に付き合ってくれている。

「楽しみね」

コーヒーを飲みながら、源太が言った。

「うん。初心者用のエリアもあるみたいだから。上手く馴染めればいいんだけど」

犬種を問わずに使えるオープンエリアもあるが、いきなりそんな場所にブランを放すわけにはいかない。他の犬に囲まれたら可哀想だ。少しでも遊んでくれたらいいと思う。ここは怖い場所じゃないんだと思えれば、ブランの世界が広がる。

「そうじゃなくてさ。正巳さんとのデート」

「何言ってんの？」

ブランのことを話しているのに、源太が変なことを言うからコーヒーにむせてしまった。

「だあって、デートじゃないの」

「違うって」

「誘われたんでしょう？　一緒に行ってって」

「そうだけど、だからそれは付き添い……」

「付き添いなわけないじゃないのよ！　デートに決まってんじゃない。そうじゃなきゃなんでわざわざ一緒にドッグランに行くの？」

「それは、シッターだから」

「飼い主がいるならシッターはいらないの。シッターがいるなら飼い主はいないのよ。二人揃ったらそれはデートっていうもんになるのよ。分かる？」

源太が無理やりの論法をこじつけてくる。

「こないだだって、出張だって嘘吐いて、ひー君を部屋に連れ込んだんでしょう?」

「連れ込んだって……、違うよ。仕事が早く片付いたって言ってたよ」

「そぉんなわけないじゃないのー。ひー君に会いたくて、自分が早くに帰れる日に依頼しといて帰ってきたんでしょうよ」

けらけらと笑いながら、源太が目の前で手を振る。確信犯だ、絶対だと言われ、困惑してしまう。

「だって、……違うよ。ゲイナイトの時だって、さっさと帰っちゃったし」

「でもほら、あの時は初対面だったでしょう。二度目に会ったら運命感じちゃったんじゃないの?」

「ないよ、そんなの」

「あるのよそれが。ありまくりなの。アタシの勘って当たるのよ」

「そうでもないと思う」

「なによ」

「だって源ちゃん、直感がー、運命がー、って騒ぐけど、いつも勘違いだったたって言ってるじゃないか」

「占い師はね、他人のことは視《み》えても自分の将来は視えないもんなの!」

「源ちゃん美容師じゃん……」

憤然と言い放ち、これは絶対だ、今日のはデートの誘いだと源太が言い張る。よかったわねなんて祝福されても困ってしまう。だって源太が言うようなことは、本当にないのだから。光がドッグランに誘われたのは、飼い主の香取が認めてくれるほど、ブランが光に懐いてくれているからだ。

それはとても光栄なことで、素直に嬉しいと思う。だけど香取の光に対する感情は、そういうシッターとしての評価だけで、それ以上の好意があるとはどうしても思えない。

出張から帰ってきたのも偶然だ。他の思惑があるだなんて考えもしないし、思惑があっても……困る。

十四歳も年上で、あんなに綺麗なマンションに住み、いろいろな凄い資格を持ち、会社を経営している人なのだ。全然釣り合わないし、そんなことを考えること自体、香取に失礼だと思ってしまう。

「僕なんか全然相手にしてないよ。それに、祐樹さん……、西藤さんと仲いいみたいだし」

「あれは、ただの友達だと思うわよ？　腐れ縁みたいな」

「そう、かな……？」

部屋に来た時も、まるで自分の家のように振る舞っていた。

香取には敵わないと言っていた西藤だが、対等に仕事をしている彼だって相当優秀なのだと思う。ああいう人のほうが相応しい。敵う敵わない云々の前に、同じ土俵にすら光は立っていないのだから。

自信なさげな光の声に、源太がゆったりと笑った。見た目が派手で、しゃべりもうるさい源太だが、こういう時にはとても優しい顔になる。

「アタシとひー君みたいな関係だと思う。気安くて、大切で、かけがえのない存在だけど、恋人ってわけじゃない。絶対」

「そうかなあ。だって仲いいよ、本当に」

香取のためにマンションの下でわざわざ光を待ち、いいやつなんだ、優秀な人だと、香取の弁護を懸命にしていた。

「絶対だってば。性格だって正反対じゃない、あの二人。そういうデコボコしてるところがこう、嵌《はま》るというか、そういうのがお互いに気持ちいいんじゃない？　……あらやだ。デコボコで嵌って気持ちいいとか言っちゃった」

源太の言葉にはは、と乾いた笑い声を上げると、源太も高い声で笑った。

「そういうデコボコじゃなくてね、そりゃボコにデコを嵌《は》めたら気持ちいいし、そこにボコがあればデコは入れたいと思うのよ。男のロマンよね。でもそういうフィジカルなデコボコじゃなくてね、あくまで精神的なデコボコなわけ」

「源ちゃん、その、指で説明するの……、止めてもらえる？」

「あらごめんなさい。でね、結局アタシが言いたいのは、……あの二人は、どっちもデコなわけ。ね？　見れば分かるじゃない？」

「分かんないよ……」

「それで、アタシとひー君はボコ同士でしょ。そりゃ、アタシひー君好きだけど、ひー君に抱かれたいかって聞かれたら、うーん、ってなっちゃうのね。……ごめんね？　傷付いた？」

「あ、いや。大丈夫、全然」

「だからあ、あの二人はそれと同じって言いたいの。アタシだって男だし、ひー君も男だからね、こうして男同士でいたら、なんか間違い起きそうって周りは思うかもしれないけど、そこはほら、じゃあお前、男だったら誰でもいいのかよ、棒と同じじゃねえか」

突然源太が野太い声を出す。

「……って。そぉんなわけないわよねえ」

「あー、……うん」

「世の中そんなに簡単じゃないのよ。そんなあんた、友達だからって全部相手してたら尻が持たないってば」

「あ、なんか焼けたみたい」

「あら、そう。上手く焼けたかなー？」

馬鹿話をしている間に、クッキーが焼き上がった。余熱を冷まし、源太の用意してくれた袋に入れる。ネジネジのクッキーは、形も崩れることなく、犬にとってはなかなか美味しそうに出来上がった。

　リボンはいらないと言ったのに、どうしてもつけると源太が聞かなくて、それも結局光が折れた。水色の袋に、ピンク色のリボンがつけられる。

「なんかこれ、可愛過ぎない？」

「いいじゃない、可愛いのがいいのよ。男の人ってなんだかんだ言っても可愛いのが好きなんだから。中を開けたらびっくりドドメ色」

「だってブランのためのクッキーだもの。……やっぱり普通のビニール袋にしようかな」

「駄目よ。せっかくアタシが綺麗に結んだんだから。解《ほど》いたら酷いわよ」

「……分かった」

　朝からそんな騒がしいやり取りをしながら、ブランへの土産の準備が整ったところで、源太の出勤時間がやってきた。香取との約束は昼過ぎだ。車だから部屋の前まで迎えに行くという申し出は固辞し、光の住むコーポの最寄りの駅前で待ち合わせることになっている。

「じゃあ、頑張ってきてね」

「頑張るのは源ちゃんだろ。仕事なんだから」

「今日はひー君が頑張らないといけないの。あのね、初めは怖いと思うけど、慣れたらそりゃあいいことが起こるから。向こうはだいぶ経験あるだろうし、任せたらいいと思うわよ。経験豊富な振りして見栄《みえ》張っちゃったりしたら駄目よ」

「いってらっしゃい」

出勤していく源太を玄関まで見送る。

「もし、泊まってくるようなことがあったら、連絡だけは寄越してね」

意味深な声を出され、光も神妙な声で「分かった」と返した。

源太が出ていき、やれやれと思いながらダイニングに戻る。

テーブルの上にはやたらと可愛らしいラッピングの施されたクッキーの袋が載っていた。

「ブラン、喜ぶかな」

サツマイモとおからのクッキーは、丁度いい硬さで、サツマイモ独特の甘さもちゃんと感じて、いい味なんじゃないかなと思った。犬は甘みが分かると言われている。喜んでくれたらいいなと、リボンのついた袋を鞄に入れた。

「泊まるとか、……ないから」

絶対にない。あり得ない。と言い聞かせる。

「もう、源ちゃんが変なこと言うから、なんか緊張してきちゃったじゃないか」

クッキーが壊れないように鞄の口を閉じながら、源太の大袈裟な言葉の数々を思い出し、文句を言っている口元が緩んでいる光だった。

駅のロータリーで待っていると、目の前に車が停まった。車高が高く安定性のある車は、車種に詳しくない光でもそれが高級車だと分かる。頑丈なボディも静かなエンジン音も、犬を連れての遠出に最適と思えた。

「こんにちは。今日は誘っていただいてありがとうございます。わざわざ迎えにまで来てもらって、すみません」

光が挨拶をしている間に、運転席から降りてきた香取が助手席のドアを開けてくれた。チャコールのポロシャツにジーンズ姿は、車に負けないスマートさで、駅前にいる人たちの注目を浴びている。そんな香取ににこやかに招き入れられ、光は恐縮しながら助手席に入った。

振り向くと、ハーネスをシートベルトのようにして装着したブランが、広い後部座席に行儀よく座っていた。

「ブラン、こんにちは。今日はいっぱい遊ぼうな」

バウ、とブランが元気よく挨拶してくれた。

「じゃあ、行こうか」

静かに車が走り出す。目の前で停車をした時もそうだったが、車体が揺れることなく滑るように動いていく。それだけを見ても、とても運転の上手な人なのだと分かった。何をしてもソツなく恰好いい人だ。中身はちょっと違うけど。

「その髪の色、便利だな」

運転席に顔を向けると、前を向いたままの香取がチラリと視線を寄越し、口の端を上げた。

「遠目からでもすぐに分かった。たぶんブランよりも先に俺が見つけた」

自分のほうが早かったと、まるで競争でもしていたような口振りだ。

「でもブランは目がいいから」

「いや、絶対俺のほうが早かった」

子どものような言い方に苦笑しているうちに緊張が解けた。香取の声音は明るくて、今日の外出を楽しみにしていたことが窺えて、自分も浮き立つような気分になる。源太の言葉になんだかんだと言い訳しながらも、実は今日のことを、光はとても楽しみにしていたのだ。

「ブラン、上手く遊べるといいですね」

「ああ。出掛ける前からはしゃいでいたよ」

「そうなんですか」

「飼い主の気持ちが伝染するんだろうな。俺が一番はしゃいでいたから」

落ち着いた声で表情も変えずに、香取はこういうことをサラッと言う。ブランに対しても甘い言葉を惜しまずに使う香取だ。他意はないのだと言い聞かせても、いちいち心臓が跳ね上がってしまう。

「朝もやたらと早く目が覚めてしまった。な、ブラン」

バウ、と後ろで返事がする。

口下手《くちべた》な人かと思っていたのだが、ここでも香取の印象が覆る。案外西藤や源太に匹敵するぐらい、リップサービスの上手な人なのかもしれないと思った。

快適なドライブが四十分ほど続き、やがて大きな公園に到着した。テニスコートやバーベキューエリアなどもあり、ドッグランとしては都内最大級の施設だ。

使用料を支払い二人と一匹で公園内に入っていく。

「ブラン、凄く広いね。いっぱい走れる。楽しいよ、きっと」

香取の足元にピッタリついて歩いているブランに、光は明るい声で話し掛けた。無理は絶対にさせたくないし、恐怖を克服させる必要もない。だけどあまりにこちら側が神経質になれば、ブランにもそれが伝わってしまう。

「目一杯遊ぼうな、ブラン」

光の声に、車用のハーネスからリードに換えられたブランが、バウ、と返事をした。

「今日は二人に挟まれているから、ブランも心強いみたいだ。よかった」

ブランの頭を撫で、香取が嬉しそうに目を細めた。

公園内は広大で、ドッグランだけでも大型犬用、小型犬用、フリーエリアなど、五つのエリアがあった。それぞれの敷地も広く、躾の教室やグルーミングのスペースまで設けられていた。

まだ慣れていない犬が遊ぶことのできるビギナーズエリアも、広い上に他よりも空《す》いていて、光たちは迷わずそこにブランを連れて行った。

「ほら、ブラン。お前と同じようなワンちゃんが他にもいるぞ」

これだけの広さがあるのに、中央には誰もおらず、柵《さく》に囲まれた隅っこでそれぞれが固まり、家族にボールを投げてもらったりして、こぢんまりと遊んでいた。

「じゃあ、俺らも端っこで遊ぼうか」

二人に連れられてエリア内に入ってきたブランは、香取に隠れるようにして周りを警戒しながらも、遊びたくてソワソワとしている様子が可愛らしい。

誰もいない場所を選び、ベンチに荷物を置いた。公園で犬の遊び用にテニスボールなどの遊具を貸してもらえるが、香取はおもちゃを持参してきた。

「よし、ブラン。おいで」

香取が鞄からボールを取り出した。手の上で軽く投げながら離れていくと、投げてもらえると期待したブランがその場で跳ねた。

「ブラン。行こうか」

光がリードを持ったまま、ブランと一緒に香取を追う。香取と光の間で、ブランがクルクルと回転した。香取がボールをポンと投げると、跳躍したブランが綺麗にキャッチする。

「凄い。上手。ほら、もう一度」

大袈裟なくらいに褒めちぎり、ブランとボール遊びを続ける。伸縮するリードは、結構な距離でブランを自由にしてくれたが、ブラン自身が自分の行動範囲を決めているようで、ボールがある程度遠くに転がってしまうと、ブランは途中で追うのを諦めて、二人の足元に戻ってきた。

「今のはちょっと遠過ぎたな」

無理に頑張らせることはせずに、ブランが恐怖を感じない距離でボールを投げるのを繰り返した。

遠くのほうでは他の犬が跳躍するブランに注目していた。時々は吠え、その度にブランが香取の足に隠れる仕草をする。

「そうか。怖かったか。ブラン、じゃあもっとこっちで遊ぼうな」

声を掛け、褒め、ボディタッチをしながら辛抱強くボール遊びを繰り返していく。

休憩を取りながら、ゆったりとブランを遊ばせる。時々目の前の広場に向け、クンクンと鼻を蠢《うごめ》かし、ブランが走りたそうな素振りを見せるようになった。

「リードを外してみようか」

そう言って立ち上がった香取を、ブランが期待を籠めた目をして見上げた。

「よし、ブラン。少し走ってみるか。せっかく来たんだからな。怖くない。一緒に遊ぼう」

膝をついてブランと同じ目線になりながら、香取がブランの首を撫でた。何か新しい遊びが始まるのかと、ブランもワフ、ワフ、と上機嫌な声を出して小さく跳ねている。

リードを外し、「行くか」と香取が走る素振りをすると、タ、タ、タ、タ、とブランが軽く走る。

「よーい、ドン」を繰り返し、走る幅を広げていく。香取の立つ位置を確認し、ダッシュするように駆けていっては、急激な方向転換をしてまた戻ってくる。

「凄い、凄い」

ボルゾイの瞬発力は物凄くて、走り出しはまさに発射の勢いだ。流線型の身体が伸び伸びと跳躍する姿は、贔屓目《ひいきめ》なしに惚れ惚《ほぼ》れするぐらいの美しさだった。

ブランの疾走に刺激を受けたのか、向こうのほうではまた別の犬が吠えていた。飼い主の周りを興奮したようにグルグル回っているが、リードを付けられたままの犬も多かったので、こちらまで走ってくる犬がいないのが助かった。

一緒に遊びたそうにして広場の真ん中まで走ってきた犬もいたが、まるで結界でもあるみたいにそこで止まり、右往左往している。それでも目のいいブランは近寄ってきた犬を素早く見つけ、一目散に香取のところまで戻ってきた。

「はは。怖かったか。大丈夫だよ。よし、もう一回。ようい、ドン」

迎え入れられ安心したブランが、香取の声に触発されたようにして、また走っていった。

「いいぞ。ブラン、もう一回だ」

香取が明るい声で叫び、ブランが疾走する。ダッシュを繰り返しながら、走る距離がどんどん伸びていく。気が付けば、ブランはかなり長い距離を一匹で走り回っていた。

白い身体に茶の斑を載せた身体がしなやかに伸び縮みしている。

「……凄い」

奇跡を見ているようだった。臆病で、人を信用せず、道を歩いていても誰かとすれ違うことにすら恐怖していたブランが、人や犬の集まる明るい場所で、自由に走っているのだ。

「ああ、本当だな。もっと早く連れてきてやればよかった」

戻ってきた香取がベンチに座った。ブランを目で追っている横顔が精悍《せいかん》で、優しい。

「本当、これ、凄いことですよ」

ドッグランに連れて行こうと誘われた時、ブランが今のように走り回ってくれればと期待はしたが、たぶん無理だろうと諦めてもいた。

犬は一旦恐怖を刷り込まれてしまうと、それを克服することはほぼ不可能なのだ。怖い思いをした、痛い思いをしたという記憶は決して消えず、ほんの一段の階段も上れなくなり、部屋の敷居を跨《また》げなくなる犬さえいるほどなのに。

そういった犬の性質を理解している光は、ブランの普段の様子を知っているだけに、今目の前で起こっている光景が、どれほど奇跡に近いことなのかが分かるのだ。いったいどんな魔法を使えばこんなことができるのか。

縦横無尽に走っていたブランがこちらに向かってきた。

「ブラン！」

光は立ち上がり、大きく叫んで両腕を広げ、やってくるブランを迎え入れた。

「ブラン、お前凄いなあ」

ハッ、ハッ、と息を弾ませているブランを胸に抱いて、凄い、凄い、と繰り返した。大袈裟ではない心からの賞賛に、ブランがお返しをするようにして光の頬を舐めてくる。光もブランの絹のような柔らかい毛を撫で回し、二人で絡まるように抱き合った。

「速かったぞ、ブラン。恰好よかった。本当凄いよ。びっくりした」

手放しで褒める光に、ブランも嬉しそうにバウ、バウ、と返事をする。押し倒されて顔中を舐められた。

芝生の上で一緒になって転げ回っているブランと光を、香取が呆れたようにして見下ろしている。こんな風に大声ではしゃぐ光の姿に、驚いているようだ。

自分でもどうかと思うほど興奮していた。だって嬉しい。あの臆病だったブランが、あんなにも楽しそうに疾走する姿が見られたのだ。

「ブラン、もう一回走ってみせて。ようい、ドン！」

香取を真似て、光もブランと一緒に走り回る。バウ、バウ！　とブランが跳躍しながら再び弾丸のように飛んでいった。ブランを追い掛け、戻ってきたら抱き締めて褒める。掌と鼻でタッチして、走って戻ってきてはまたタッチした。勢い余ったブランに押し倒されて、再び抱き合って転げ回る。広場には光のブランを呼ぶ声とブランの元気な鳴き声が響いた。

「なんだ。羨ましいな」

ひとしきりブランと遊んでベンチに戻ってくると、二人を眺めていた香取がそう言って笑い、光に水を渡してきた。

香取の隣に座り、受け取った水で喉を潤した。冷たくて美味しい。ブランは戻ってくる様子もなく、広場を駆け回っている。

「仲がよくて妬《や》けた」

「……妬けたって」

ボトルから口を離し、拗《す》ねたような声を上げている隣の人を見る。

「ブランは正巳さんのことが一番好きですよ」

本当に時々子どものような人だと、光が宥めるようにそう言うと、光が持っていたボトルを取り上げられた。

ゴクゴクと喉を上下させ、香取が水を飲んでいる。

「あ、そうだ。……これ」

今思い出したような声を出し、光は自分の鞄を開けた。「何？」とこちらを向いた香取が、取り出した水色の袋を見て、驚いたような顔をした。

「ブランに持ってきたんです。クッキー」

「……へえ、ブランに？」

袋を受け取った香取が笑い、それが苦笑したように見えたのは気のせいだろうか。

「俺はまたてっきり……、いや、ありがとう。ブランが喜ぶ」

「サツマイモとおからで作りました」

「手作り？　光くんの？」

「はい。簡単なので」

「ほう。手作りか」

袋を手に載せ、なんだそうか、手作りか、そうかー、手作りかあ、と香取が何度も言った。

「綺麗に包んでくれたんだな。なんだ、可愛いな。そうか、手作りなのか」

まだ言っている。

「あの、ラッピングは源ちゃんが……」

あまりに繰り返し言われるものだから、わざわざ作ってきたのが恥ずかしくなり、言い訳のようにして源太の名を出したら、香取がこちらを向いた。

「源ちゃんって、いつかあの店で一緒にいた子？」

「はい。可愛いのに入れたらいい、ってラッピングをしてくれて。リボンも源太ちゃんが付けてくれました」

「どうして源ちゃんが？」

「ええ、と。一緒に住んでるから」

「一緒に住んでいる？　源ちゃんと？」

「あ、はい」

「同棲《どうせい》しているのか？」

「あ、え、……同棲っていうか、シェアしているっていうか、僕が源ちゃんの家に転がり込んだんですけど」

「なんで？」

「え、なんで、って。家賃を折半して一緒に住まないかって誘われて。源ちゃん、その前のルームメイトが出ていっちゃったみたいで」

「で、君が？」

「はい。タイミングがよかったから」

「付き合っているのか？」

「え……」

続けざまの詰問に、問われるまま答えていたのだが、最後の質問に動揺して、香取の顔を見返した。目が合ってしまい、慌てて逸《そ》らすが、頬に刺さる視線が外れない。

「源ちゃんは、君の恋人か？」

「いいえ、違います」

「付き合ってない？」

「はい」

「それなのに一緒に住んでいるのか？」

また詰問が始まる。

「友達ですから」

「本当に？」

ジッと見られる。

「はい。友達です。あの……たぶん、正巳さんと、西藤さんみたい、な」

光の答えに香取がふむ、と考え込んだ。

源太が言ったように、香取と西藤の関係が源太と光の関係と同じなら、香取の誤解は解ける。違うのなら、源太と光が付き合っていると思うだろうし、つまりは香取と西藤も付き合っているということになるのだ。

「それならまあ、友達なんだろうな。じゃあ、君たちは単に共同生活をしているってことでいいんだな」

「あ、はい」

「分かった」

誤解は解け、ついでに香取と西藤との関係も自分たちと同じなのだと光も分かった。ああそうなんだ。二人は本当に仲のいい親友同士で恋人とかじゃなかったんだとホッとして、ホッとした自分にハッとした。

そして、それと同時にこのやり取りの意味に思い至り、一気に緊張した。

「いきなり一緒に住んでいるなんて言うから驚いた。それならいいんだ」

鋭かった視線が和み、香取の機嫌が直ったようだ。「それならいい」の言葉をどう解釈しようかと考え、耳が熱くなる。

俯いている光の横で、香取は受け取ったクッキーの袋を眺めている。

「で、ラッピングを源ちゃんがしてくれたんだ」

「あ、はい。源ちゃん、そういうの好きだから」

「ふうん」

受け答えをしながら顔が上げられない。俯いたままの光の隣で、ガサゴソと音がする。香取が袋を開け、中を覗いていた。

「クッキーは光くん一人で作ったのか？」

「はい」

「全部？」

「ええと、オーブンに入れる時に、源ちゃんが温度調節をしてくれましたけど。源ちゃん、ケーキとかパンとか、自分で作ったりするから」

説明している横で、香取が袋に手を入れた。ネジネジで、源太曰《いわ》くドドメ色のクッキーを摘《つま》み、珍しそうに眺めていると思ったら、おもむろにそれを口に入れた。

「……あっ」

ボリボリと歯応えのある音がする。眉間に皺を寄せながら飲み込んだ香取が、「美味《うま》い」と言ってこっちを見た。

「硬くないですか？　ブラン用に作ったんですけど」

「ちょうどいい硬さだ。砂糖を入れていないんだろう？　でもサツマイモの甘さがちゃんとある。凄く美味い」

そういって手に持っていた残りのクッキーをまたボリボリと食べ始めた。

「お菓子、好きなんですか？」

犬用のクッキーを食べるくらいだから好きなのかと聞いてみたら、「いや」という答えがきた。

「普段は食べない。あんまり甘いのは好きじゃないから。でもこれは美味い」

「そっか。……じゃあ」

「ん？」

「あ、いえ」

鞄の奥に忍ばせていたもう一つの袋を取り出そうとして、止めた。鞄を閉じている光の手元を、香取がじっと見ている。

「もしかして、他にも用意してくれたとか？」

「え、ちょっと。でも……あの、なんでもないです」

駅での待ち合わせに早めに着いてふと思い立ち、駅ビルで買った物があったのだが、甘い物が好きではないと言われた後では出しづらい。ちゃんと嗜好《しこう》を聞いてから買い求めればよかった。

後悔している光の手元を、香取が尚も凝視《ぎょうし》している。

「見せてもらっていいかな……？」

「あ、でも、あの……」

優しい声と強い視線に観念して、再び開けた鞄の底からそれを取り出す。源太が包んでくれた物ほど大仰《おおぎょう》ではないが、綺麗なビニールに包まれ、シールが貼ってあった。

「誘っていただいて、車にも乗せていただいたから、……と思って、買ってきたんですが」

ぬっと大きな手が差し出された。

え、でも、と逡巡《しゅんじゅん》していると、手の中にある袋を持って行かれてしまった。香取が袋の口にあるシールを丁寧に剥《は》がしていく。

中から出てきたのは、ピンク色のマカロンだった。

「前に僕の頭を見て、それのこと言っていたから」

「これを、俺に?」

「はい。でも、これ、結構甘くて。正巳さんの嗜好も聞かずにすみません、今度甘くないのを何か……」

「甘いのは大好きだ」

「えっ?」

今さっき言った言葉を平然と覆した香取が、今度はマカロンを口に放り込んだ。眉間の皺がより深くなり、そんな顔をしながら「美味い」と言う。

唖然としている光の横で、香取がマカロンを食べている。甘過ぎるお菓子に眉を寄せ、だけどもぐもぐと動く唇は満足そうだ。随分器用な表情ができる人だなと思ったら、お腹《なか》の底がムズムズと擽《くすぐ》ったくなり、それがどんどんせり上がってきて、ついには我慢ができなくなった。この人……可笑しい。

俯き、息が漏れ、肩が揺れた。下を向いたままクスクスと息を漏らして震えている光の横で、サクサクという小気味いい音がする。

脳裏に源太のドヤ顔が浮かんでくる。アタシの言った通りだったでしょ、と得意げに言う声まで聞こえてきそうだ。

ずいぶん遠くまで行っていたブランが戻ってきた。光が立ち上がると、いつものように逃げる素振りをし、再び追いかけっこが始まる。

香取はベンチに座ったまま、そんな二人を眺めている。ブランと走りながら香取のほうを見たら、袋に手を突っ込んで、二つ目のマカロンを頬張るところだった。

ドッグランで存分に遊び、それから公園内を散策した。

散歩コースになっている道をゆっくりと歩き、池の近くのベンチで休憩を取る。さっきブランへと渡して香取《かとり》が先に食べてしまったクッキーを、ブランが頬張《ほおば》っていた。「美味《うま》いだろ?」と香取が自慢するように言っている。

「ブラン、すっかり自信がついたみたいですね」

犬や飼い主たちの社交場にもなっている場所で、ブランは尻尾《しっぽ》を巻くこともなく、堂々と寛《くつろ》いでいた。

「本当だな。前の時と全然違う。光《ひかる》くんのお蔭《かげ》だ。俺一人で連れてきても、きっと前みたいに怖い思いをさせただけだろうと思う。ありがとう」

真摯《しんし》な言葉は、香取の人柄の表れだ。年の差とか肩書きとか、そういうことには一切拘《こだわ》らずに、きちんと頭を下げられる。凄《すご》い人だなと思う。

「いえ。僕じゃないです」

「そんなことはない」

「本当に僕じゃないです。正巳《まさみ》さんがブランのことをちゃんと愛してあげて、丁寧に関わっていたからこその変化だと思います。僕にはこんな魔法みたいなことはできません」

謙遜《けんそん》ではない正直な気持ちを告げると、香取は微笑《ほほえ》み、「そうか。それなら嬉《うれ》しいな」と、本当に嬉しそうにそう言った。

「凄いです。羨ましい」

香取と遊んでいるうちに、みるみる行動範囲を広げていくブランを見ていて、何が起こったのかと茫然《ぼうぜん》とした。そして、ああ、香取はブランを引き取った当初も、きっとこんな風にして小さな奇跡を繰り返し起こしてきたのだと納得したのだ。光から見れば奇跡のようだと思うことも、香取自身はそう感じていないのだろう。

「ブランは正巳さんに出会えて幸せですね」

こんな素晴らしい飼い主に出会えてよかったと、心からの祝福を送る光に、香取は「逆だな」と言った。

「俺が、ブランに出会えて幸せなんだ」

そう言って、足元にいるブランに「そうだよな。ブランが家に来てくれて、俺が嬉しいんだもんな」と、優しい声を出し、ブランを撫《な》でている。

ブランにとって、きっとこの上なく嬉しいだろう言葉を香取はさらりと言う。そしてその言葉通りに愛《いと》しげにブランを撫で、優しい声を掛けるのだ。言葉も声も表情も仕草も、何処《どこ》にも嘘《うそ》がないのが、香取という人だ。

こういう人だから、ブランをここまで回復させることができたんだろう。

「そろそろ車に戻ろうか」

香取が立ち上がった。冬間近の空は、四時過ぎにはすでに日が傾き、急激に冷えてくる。名残惜《なごりお》しかったが、香取に続き光も立ち上がった。

「さて、これからどうしようか」

車に乗り込み、シートベルトを装着したところで、香取が言った。エンジンが掛かる。

「夕飯には少し早い時間だが。よかったら家で一緒に食べないか？」

車が音もなく滑り出し、ハンドルを握る香取がなんでもないことのように光を誘った。

「え、……でも」

一瞬源太《げんた》の「泊まるなら連絡寄越せ」と言った言葉が過《よぎ》ったが、慌てて脳内からそれを消し去り、途方に暮れる。

「今日は一日付き合ってもらったし、ブランと、俺にもお菓子をもらったし、そのお礼」

「あ、そんな、僕のほうこそ連れてきていただいたんですから」

前を向いている香取の表情は気負いがなく、本当に気軽な気持ちで誘っているようだ。これぐらいのことで狼狽《うろた》える自分のほうが自意識過剰なのだと言い聞かせるが、身体《からだ》に力が入ってしまい、はい、ともいいえ、とも言うことができない。

「ブランがいるから、何処かに寄るっていうのは難しいからな。悪いんだが」

「え、いえ、それは全然構わないんですが、そうじゃなくて。ええと、……ごめんなさい。今日は源ちゃんが食事当番で、作って待っててくれると思うんで」

「そうなのか」

「はい。ご飯いらないって言ってこなかったから、源ちゃんに、悪いし」

下を向いたまま、言い訳を並べた。誘われて嬉しい気持ちはもちろんあるが、やはりこれ以上の迷惑は掛けられない。車で迎えに来てもらい、こんな楽しいところに連れてきてもらい、ブランと思いっきり遊ばせてもらい、その上香取の部屋で夕飯を一緒に取るだなんて、身に余る光栄過ぎて、とてもじゃないが耐えられない。

「そうか。それは残念だな」

「すみません……」

車は駐車場から大きな道路に出て、スピードが増していく。

「じゃあ、また今度、礼をさせてくれ」

「あの、本当、お礼なんて……、僕がお世話になったほうなので。お気遣いをなさらないでください」

「いや、気遣いじゃないんだけどな。俺が誘いたいってだけで」

「……」

「食事は交代制で作っているのか？」

気の利いた返答ができずに黙り込んでしまった光に、香取が聞いてきた。

「あ、はい。でも、源ちゃんが作ってくれる時のほうが多いですけど」

「ふうん」

話題が料理のほうに逸《そ》れてくれて、ホッとして顔を上げる。

「同居生活は長いの？」

「あ、この春からです」

「それまでは一人で？　専門学校に行っているんだよね。今二十一歳だったか」

安堵《あんど》したのも束《つか》の間《ま》、香取の質問に一気に緊張が高まり、ビク、と身体が震えた。

チラリと視線を上げる。バックミラー越しの香取とは目が合わず、香取は前を注視していた。目が合わなかったことにホッとして、前髪に手を置き、さり気なく髪を直す振りをしながら、視線が揺れないようにゆっくりと下を向いた。

「……はい。親元から離れて、アルバイトをしながらお金を貯めたので、進学が遅くなりました」

「そう。偉いんだな」

「いえ。地方出身なので、あっちには専門の学校がなくて、東京に来てから探したので。それで、源ちゃんに誘われて家賃を折半しようってことになって、助かってます」

目が泳いでいないか、出す声がおかしくないか。バクバクする心臓の音に耐えながら、これからくるであろう質問と、それに対する答えをシミュレーションする。

出身地、親の職業、兄弟はいるのか、高校を卒業して二十一になるまで、何をしていたのか。予想される質問はどれも単純なことで、今までも答えてきた。大丈夫。

「大きい犬がいたな。熊みたいな」

「え？」

構えていたのとは違う方向に話題が飛んで、一瞬なんのことだか分からずに、呆《ほう》けた声が出た。

「さっきのドッグランで。ほら、大型犬のエリアの脇を通っただろう？　黒いのがいたじゃないか。見なかったか？」

もう一度はっきり前を向くと、バックミラー越しの瞳が笑っているのが見えた。

「ええと、どれだったろう……？　たくさんいたから。黒いの……？　大きくて」

ついさっきまでいた場所の記憶を掘り起こしている光に、香取が説明してくれた。黒くて、毛がモサモサで、大きくてと、目撃した犬のことを熱心に話している。

「チャウチャウかと思ったが、体形は違うようだったし」

「そうなんですか。じゃあ、何かのミックスかな。そんなに大きかったんですか？」

「ああ。なんだろうと思っていたんだが。なんだ。あの時すぐに聞けばよかったな。なあ、ブラン、お前も見ただろう？」

後ろに話し掛けると、分かっているのかいないのか、ブランがバウ！　と返事をした。

「あっちのエリアは壮観だったな。強そうなのも速そうなのもたくさんいた」

「そうですね。いつかブランが慣れたら連れて行けるといいですね。競技用のコースもあったし。何回か通っていたら、ブランが走りたがるかもしれないですよ」

「じゃあ、来週はそっちに行ってみようか」

「来週……？」

バックミラー越しの目が、悪戯《いたずら》っぽく笑っている。

「最初は今日と同じようにビギナーズエリアに行って、大丈夫そうだったら別のエリアを回ってみるっていうのはどうだ？」

な、とまた後ろに声を掛けると、まるで期待したようにブランが座席の上で跳ねた。

「ほら、ブランも行きたそうだ。来週、どうだろう」

「そうですね。行きたいですけど。……日曜はアルバイトがあるので。ちょっと難しいです」

ペットシッターの依頼は土日祝日が殆《ほとん》どで、だからこそ光には有難《ありがた》いのだ。依頼がなくても、ショップで仕事がある。働かなければ貯金は減る一方で、先が不安だ。

「僕も、他のエリアで走るブランを見てみたいですが」

ブランが伸び伸びと走る様子を目《ま》の当たりにして、今日連れてきてもらったことを感謝したのは確かだし、香取が言うように、他のたくさんの種類の犬を見ることができたのも楽しかった。何より二人と一匹で過ごす休日は、今までで一番と言えるぐらいに充実した一日だった。

だけど、これ以上は香取の誘いに甘えるわけにはいかない。今ですら依頼主とシッターという立場を忘れてしまいそうになっている。こういうのはいけないと思う。

「平日は学校があるし、土日にしか今はアルバイトができないので。残念ですが」

「ああ、うん。そうだな。それなら仕方がないか」

一瞬落胆の表情を見せた香取だが、そういう事情ならと、割とあっさり諦めてくれた。

「じゃあ、今日は俺とブランのために、バイトを休ませてしまったんだな」

「あ、いえ。でも凄く楽しかったし。僕も行きたかったし。連れてきてもらえて嬉しかったから……」

自分が誘ったために無理に仕事を休ませてしまったのではと、恐縮したように言われて、光は慌てて否定した。

「普段は学校とアルバイトだけの生活だから、本当に楽しかったです。ブランともいっぱい遊べたし」

香取ともこうして一日過ごせたし。

無理に休んだわけではないことを香取に分かってほしくて、光は懸命に「楽しかった」と繰り返した。

「そうか。それならよかった」

やっと香取が納得してくれて、光は力強く頷《うなず》いた。

「はい。またブランをあそこに連れて行ったら、日誌でも知らせてもらえたら嬉しいです」

「そうだな。分かった」

「楽しみにしています」

大型犬のいるエリアで、他の犬たちと戯れながら全力疾走するブランを、光も見てみたいと心から思う。今日のブランを見ていたら、それも可能だと思えた。香取はまた奇跡を起こしてくれるに違いない。その報告を楽しみにしていよう。


コーポまで送るというのを丁寧に断り、昼間迎えに来てもらった駅前で降ろしてもらった。今日の礼を言い、頭を下げる光に、香取は何かを言いたそうにし、結局何も言わずに去っていった。

源太の言うように、今日の誘いが何か意味のあることだったら、あれだけ頑《かたく》なにすべてを断った光だ。その意思を感じ取っただろうし、なんの意味もない気軽な誘いであれば、何を警戒しているのだと、これも呆《あき》れただろう。

駅前のロータリーから商店街に入る。源太にはSNSで『もうすぐ帰る。ご飯の用意をしておくね』と送った。まだ仕事中らしく、既読のサインは付かなかった。

帰ったら根掘り葉掘り聞かれるだろうなと苦笑する。誘いを断ったと言ったら、笑われるだろうと思った。それとも意気地がないと叱《しか》られるだろうか。そんなに悩まなくてもいいのにと嘆かれるだろうか。

どう言われても仕方がない。香取と過ごす時間は楽しく、帰るのが名残惜しく、だけどそれ以上に、今よりも親しくなりたくないと思ってしまったのだ。

親しくなれば、いずれ知られる。知られたくないと思えば、光は嘘を吐《つ》かなければならなくなる。本当のことを知られても、嘘を吐いたことを悟られても、そこでお終《しま》いだ。

さっきも車の中で核心に触れられそうになり、恐怖が走った。これからも香取と顔を合わす度、ずっとあんな思いをしなければならない。

今嬉しい分だけ、辛くなる。

……いっそ自分から話してしまおうか。

光の本当のことを知ったら、香取はどうするだろう。今までの人と同じだろうか。或《あ》いは源太のように何も言わずに受け入れてくれるだろうか。大人《おとな》で愛情深いあの人だったら、もしかしたら変わらないいんじゃないだろうかと、そんな甘い期待を持ちたくなる。

芝生の上で自由に走り回っていたブランを思い出す。香取を信じ、香取に導かれ、恐怖の殻を破ったブランみたいに、自分も変わってみたい。あの人だったら、もしかしたら。

ぼう、と考え事をしながら歩いていて、買い物もせずに商店街を通り過ぎてしまったことに気が付き、慌てて引き返した。ご飯の用意をすると言っておいて、買い物を忘れたなんて知れたら、源太にまた冷やかされてしまうと、早足で来た道を戻る。

信号のない横断歩道で、車が来ないかと見回していると、巡回中なのか、サイレンを鳴らさずに赤色灯だけを回したパトカーが、目の前を通り過ぎていった。年末が近くなり、日が暮れるのも早くなった。警戒を呼び掛けるために、この辺を回っているのだろう。

点滅しながらゆっくりと走り去っていくパトカーを見送りながら、現実に引き戻された。

……やっぱり話せない。

当たり前だ。何を浮かれて、あの人だったら変わらないかもしれないなんて思ってしまったんだろう。

ブランと光は違う。

考えてみれば、香取にこそ知られたくないことじゃないか。

自分の父親が犯罪を犯し、今も服役しているなどということを。


中学三年の冬だった。

光が学校から帰ってくると、家の前にパトカーが停まっていた。サイレンの音は聞いていない。無音のままグルグルと真っ赤な光が回っていたのだけを憶《おぼ》えている。

人がたくさん集まっていた。皆遠巻きにして、パトカーの停まっている先――光の家の中を覗《のぞ》いていた。

慌てて家に近づいていった。周りの視線が光を追い掛けてくる。

「すみません。あの、何が……」

人垣をすり抜け、先頭にいる人に声を掛けた。振り返った人は知っている人だった。近所に住むその女性は光の顔を見て、気の毒そうな顔をした。

眉《まゆ》を顰《ひそ》めたその顔を気の毒そうと思ったのは、パトカーを見て、咄嗟《とっさ》に家に泥棒が入ったと思ったからだ。実際はどんな感情がそんな顔をさせたのかは分からない。それ以来、その人とも、その場にいた他の誰とも口を利くことがなくなったから。

女性が何も言わないから、光は更《さら》に前に進み、停まっていたパトカーの中を覗いた。運転席に人がいた。ドアをノックし、家族の者ですと言おうとした時。

玄関から父が出てきた。

スーツを着た屈強そうな男の人に挟まれ歩いてくる父は、両腕を前にして、手にはタオルが掛けてあった。

「お父さん……っ」

父と目が合った。

父が驚いたように目を見開く。わなわなと唇《くちびる》を震わせ、何かを言おうとし、そのまま突き飛ばされるようにして車に乗せられた。

無理やり押し込められた父は、光を見つめたまま、ずっと何か言いたそうに唇を震わせていた。エンジンが掛かり、そこで初めてサイレンが鳴った。

車が去っていくのを茫然と見送った。あれ以来、光は父に会っていない。

その日から光の生活が一変した。

父が連行された後の家は、泥棒のほうがまだましだと思うぐらいに、すべてがひっくり返されていた。その家の隅で、母と二人、何も分からないまま、どうすることもできずにただ抱き合って過ごした。

テレビのニュースで、父が詐欺罪《さぎざい》で逮捕されたことを初めて知った。

重機メーカーに勤める父は、下請けの子会社や工場に取引を持ち掛け、大金を着服したのだとニュースが伝えた。新規の事業の立ち上げを提案し、新しい機械を導入させ、結局事業が立ち消えとなるということを繰り返した。騙《だま》し取った金は一億近くになったという。地域に根を張った大手企業の肩書を使い、弱い立場の者たちから搾取した悪質な詐欺だと、テレビのコメンテーターが父のことを断罪した。

父は騙すつもりはなかったのだと言った。事業がとん挫《ざ》したのは不況のせいで、後に引けなかった、次に着手した事業が成功したら、還元するつもりだったと訴えた。共に活動していた融資担当の仲間はいわゆる山師で、結局父はその人に乗せられ、詐欺の片棒を担がされ、だけどしてしまったことは、紛れもない犯罪行為だった。

最後に見た父の目が忘れられない。何故《なぜ》逮捕されたのかが分からないと、父は確かに驚いていた。本当に自分が罪を犯したとは思っていなかったのだと、光は思う。家にいる時はとても穏やかな人だった。いつか必ず事業が上手《うま》く転がると信じていたのだろう。

だが、父のしたことのせいで会社を失い、職を奪われ、路頭に迷った人が大勢出たことは確かだった。

父の逮捕後は、様々な嫌がらせにあった。光の住む地域には、父の勤める重機メーカーで働く人が多く住んでおり、光たちが彼らの標的になった。

電話もインターフォンもひっきりなしに鳴り、学校へ行けば教師に迷惑そうな顔をされた。友達だと思っていた人たちからは、蔑むような目を向けられ、陰口を叩《たた》かれ、罵声を浴びせられることもあった。誰一人、光を庇《かば》ってくれる人はいなかった。

面白半分に情報をリークした人によって、ネットに父の経歴、家族の詳細、そして光の顔写真が公開された。家から出られなくなった。

震えながら身を潜めている中、母方の祖父の手助けで夜逃げ同然に脱出できたのが、父が逮捕されてから二週間後のことだった。

家を出たのは夜中の二時過ぎで、荷物は手に持てる分だけ。取りに来ることはたぶんもうできないと言われた。

足音を立てないように息を殺して門をくぐる。最後に振り返って見た家は、窓が割られ、ペンキや生ゴミがぶちまけられ、すでに廃墟のようになっていた。壁には大きな文字で落書きがしてあった。

『ここが人を騙した金で贅沢《ぜいたく》をしていた悪党の家です』

祖父の家にしばらく匿《かくま》われたが、そこでも針の筵《むしろ》だった。噂《うわさ》は何処までも追い掛けてくる。

受験期だった光は当然進学の準備などできず、あれ以来学校に通うこともなく、卒業証書だけが郵送されてきた。

専業主婦だった母が働き出し、光が高校に一年遅れで入学した頃、両親が離婚した。光は苗字《みょうじ》が変わり、それを機に祖父の家からも出た。父には実刑の判決が下っていた。

住まいも姓も変わり、これでやっと落ち着けると思った。学校の傍《かたわ》ら、光もコンビニでアルバイトを始めた。誰も知る人のいない土地へ移り住み、平穏を取り戻すはずだった。

……だけど、そこにも噂が追い掛けてきた。

学校やアルバイト先での狭い交友関係の世界では、退屈している人がたくさんいた。人が隠そうとすることを、どうしても暴きたい人間がいる。

家族や出身校、移り住む前の土地のことを話題にされる度に口を噤《つぐ》み、曖昧《あいまい》にはぐらかす光を、周りが訝《いぶか》しがり始めた。隠し事がある人間に人は敏感で、そして光はそういった人に対し、上手く立ち回ることができるほどの厚かましさを持っていなかった。

ビクつく光の態度に、「胡散臭《うさんくさ》い」「何か隠している」「信用できない」と、周囲が光を遠巻きにし始め、アルバイト先の店長に呼ばれた。業務に支障を来すから、誤解があるならはっきり弁明してくれと詰め寄られ、質問に正直に答えさせられる。

父が犯罪者です、と。

結局アルバイトは辞めさせられた。トラブルがあれば真っ先に疑われ、詐欺罪で服役中の人間の息子《むすこ》に、レジを任せるわけにはいかないと言われた。客商売は信用が第一だからとも。誰かが、以前サイトに公開された光の写真を見つけてきた。噂が勝手に広まり、同じ地域では働けなくなった。

人の目を見るのが怖くなった。

顔を見られたくないから前髪を伸ばし、目を覗かれたくないから髪を真っ赤に染めた。次のアルバイト先では経歴に嘘を吐いた。結局そこでもクビになり、それからアルバイトを転々と変えながら、高校を卒業した。

何処へ逃げても、ほんの少しの綻びですべてが壊れる。苗字を変えても、環境を変えても、髪の色を変えても、光は犯罪者の息子のままだった。

「明日は何食べたい？　久し振りにパンでも焼こうかしら」

静かに落ち込んでいる光を、源太が明るく励ましてくれる。

ドッグランに香取と行った週の金曜の夜。香取からのシッターの依頼はその間なく、もちろんそんなに頻繁に来るはずもないと分かっていながら、どうにも浮上できない。

「今までだって月のうちの何日とかだったんでしょ？　あっちだってそうそう頻繁に頼まないって」

「うん。それはそう」

日にちが経ってしまうと、なんであんな下手《へた》くそな断り方をしちゃったのかと、後悔が募り、もう永久に連絡は来ないのではないかと絶望してしまったのだ。

「だーかーら！　やっちゃえって言ったのに」

「言われてないし、できないし」

源太の潔い叱咤《しった》に、ブチブチと反論する。

「そんなに会いたいなら、自分から連絡すればいいじゃないの。日曜はシッターの仕事入ってないんでしょう？　行けますって言ったら喜ぶから」

「携帯番号知らないもん。それに、やっぱりアルバイトは休めないし」

香取との連絡は、すべて『モフリー』を通しているから、個人の番号はお互いに知らない。『モフリー』でのアルバイトは今の光にとっての収入源だから、頻繁に休むわけにはいかないことも事実だ。

これ以上は近づきたくない、親しくなってはいけないと自分を諌《いさ》め、そう思う側から、光の態度に呆れられ、嫌われてしまっただろうかと考えると、落ち込んでしまう。

「そんなに気にすることないって。一回や二回断られたからって、引き下がるような人じゃないでしょ、おっさんなんだから」

源太は明るくそう言って、「パン捏《こ》ねるわよ」と準備を始めた。

源太に言われるまま道具や材料を並べていると、光の携帯が鳴った。相手は『モフリー』の店長からで、シッターの仕事が入ったのかと、急いで手に取る。

もしかしたら香取からの依頼かもと、ほんの少しだけ期待をしたものだが、店長の告げた内容は、光の期待の斜め上をいっていた。

『日曜日にシッターの依頼が来たんだけどね。ほら、香取さんところのブラン。あの子をドッグランに連れて行きたいから、江口《えぐち》君に一日付き添ってほしいって』

「……え、一日ですか……?」

『そう。ここのところ、ブランの調子がよくって、是非連れて行きたいんだけど、一人じゃ不安だから、君に手伝ってもらいたいって言われたんだよ。ブラン、江口君に凄く懐いているだろう。それを見込んで』

　店長の話では、普段は二時間という契約をできる限り延長してもらいたく、その分の料金はもちろん、ブランの専属として特別料金を支払うとまで言ってくれているらしい。

『ほら、ブランってちょっとだけ気難し屋さんだろう？　香取さん自身も慣れていないことが多いから、その辺のフォローをお願いしたいらしい。当分の間の日曜日、一日君に来てもらいたいんだって。どうだろう』

　店長の話し振りは、光に都合を聞いているようで、すでに光が了承することを前提にしている。時間は、特別手当はと、具体的な話をされ、光は何を考える間もなく、店長の声に頷くしかなかった。

『じゃあ、そういうことで。さっそく明後日《あさって》からね。香取さんにはこちらから連絡をしておくから。よろしく頼むね』

　電話が切れ、暗くなった携帯の液晶を茫然と眺めている光に、源太が「どうしたの？」と聞いてきた。

　電話の内容を告げると、源太はニヤ、と笑い「やるわね、あのおっさん」と言った。

「しっかし、タヌキよねえ。手際がいいったら」

「タヌキとか……」

「タヌキだわよ。アルバイトを理由に断ったら、アルバイト先を押さえちゃうんだから。交渉は上手いもんだわ。ひー君、捕まえられちゃったら、逃げらんないわね」

楽しそうにそう言われ、「じゃあ、日曜日はアタシがお弁当作ってあげる」という申し出を、光は丁寧に断った。


日曜の朝。指定された時間に香取の部屋を訪れると、香取は出掛ける準備を完全に整え、光を出迎えた。ブランを伴い、「行こうか」と、光を地下にある駐車場に連れて行く。強引な手段を使ったことに悪びれる様子もない。

電話で『モフリー』の店長から説明された通りに、先週と同じドッグランに再び行った。前のことを覚えているブランは、車から降りた途端、リードを引っ張る勢いで、公園の中に自ら入っていく。先週と同じビギナーズエリアに着くと、嬉しそうに吠《ほ》え、光や香取と一緒に走りたがった。

最初のうちこそぎこちなかった光も、ブランと一緒に走っているうちに、気持ちが解《ほぐ》れていった。ブランは楽しそうだし、香取も相変わらずブランと全力で遊んでいる。

それに、断り方が下手だったかもと後悔した以上に、断ったこと自体を本当は後悔していたから、こうしてまた連れてきてもらえたことが、とても嬉しかったのだ。

一緒にボール遊びをし、二人と一匹で追いかけっこをした。飛び込んできたブランを受け止め芝生の上に座っていると、上から香取が覗いてきた。

「俺も混ざる」

「え、混ざるって……」

また子どもみたいなことを言い出したと思ったら、香取が光の後ろに回り、光の背中を抱くようにして腰《こし》を下ろした。

「よし、来い。ブラン」

「え、……ちょ、待って、うわ」

香取の声に、ブランがドォン、と光に圧《の》し掛かってきた。光の身体が香取の胸に押し込まれる。ブランにベロベロと顔を舐《な》め回され、後ろから香取が笑う声が聞こえた。

「ちょ……、ブラン、待て。……もう、擽《くすぐ》ったいって、こら」

慌てて声を出す光に構わずブランがグイグイ押してきて、香取がますます笑っている。後ろから腕を取られ、両手を広げられると、光の胸にブランが身体を預けてきた。香取に手を取られたままブランの頭を撫でさせられる。

香取の胸に背中を預け、前からはブランが抱き付いてくる。操り人形のように腕を動かされ、香取の笑い声を聞きながら、いつしか光も笑っていた。

二人と一匹で重なり合っている。ブランを抱いている光の身体ごと、香取が抱き締める。ブランまでもが笑った顔をしていた。香取の笑い声に自分の声が混ざっているのが不思議だった。だけど笑った顔のブランが可愛《かわい》くて、頬を舐めてくる舌が擽ったくて、背中から伝わる香取の体温が温かくて、光は声を上げて笑った。

午前中をビギナーズエリアで過ごした。公園内のドッグカフェで昼食を取り、それから別のエリアにも顔を出してみることにした。

「大丈夫だ、ブラン。怖かったらすぐにさっきのエリアに戻るからな」

香取に励まされ、新しい柵《さく》の中におっかなびっくり入ってきたブランは、レトリバーやシェパードなどの大型犬の姿を見て、初めのうちは尻尾を巻いて縮こまっていた。だけどそれらが走り回り始めると、ソワソワと彼らを目で追い、興奮したようにその場で跳ね、とうとう後を追って走り始めた。

最後尾を遠慮がちについていき、そのうち追いかけっこが始まる。光にしていたように逃げる素振りを見せ、追い掛けられると全速力で逃げる。急激な方向転換で次には自分が追う。時々香取と光のところに戻ってきては、何かを報告するように吠え、また犬たちの中に入っていった。

ブランが他の犬と一緒に遊んでいる。今日もまた一つ奇跡が起こり、ブランの世界が広がった。

「やっぱり続けて連れてきてやってよかった」

縦横無尽に走っているブランたちを眺め、香取が言った。

「先週のあれ以来、だいぶ様子が変わったんだよ。散歩でもね。なんていうか張り切った感じで。これならいけそうだと思っていたんだ」

いつもは香取の足元にくっつき過ぎるほど用心して歩いているブランは、多少の余裕を持ち始め、時にはリードを引っ張るような勢いで前に行くこともあったのだという。

「そうなんですか。それじゃあ連れてこないといけませんでしたね」

「うん。ああいうのを見るとな、ブランも本当はずっとあんな風にみんなと遊びたかったんだなって思うよ。よかった」

犬たちに囲まれて、臆《おく》することなく走り回っているブランを見つめ、香取が晴れ晴れとした声を出した。

一日を公園で過ごし、帰ることにする。香取の運転する車は真《ま》っ直《す》ぐマンションに向かった。今日は伺いを立てられることもない。何故なら光との契約は一日シッターだからだ。

「帰ったらブランのグルーミングのやり方を教えてくれ。爪切《つめき》りや歯磨き、プロのブラッシングを伝授してもらおうか」

「まだプロじゃないです」

「でも俺よりは上手いだろう？　ブラン、綺麗《きれい》にしてやるからな。今日は目一杯遊んだし」

そして部屋に戻ると、約束通りブランのグルーミングを二人でやり、一日拘束なのだからと、食事までご馳走《ちそう》になることになってしまった。

「君が食べないなら俺も食べない。世話を任せておいて自分だけが食べるなんて真似《まね》ができるわけがない。当然だろう」

遠慮は一蹴《いっしゅう》され、戸惑いは無視され、ブランを理由に堂々と誘われる。

何もかも香取のペースに持って行かれ、抗《あらが》う術《すべ》もない。年季も経験も頭のよさも、光とは比べ物にならないのだ。敵《かな》うはずがなかった。

そんな香取は今、キッチンで肉を焼いていた。座っていろと言われ、大人しく待つしかない。シッターとして雇われてやってきたというのに、扱いは完全にお客様だ。存分に外で遊んできたブランは、光の足元で横になっていた。

テーブルにはすでに食べきれないほどのオードブルが並べられていた。すべて昨日のうちに準備していたのだろう。用意周到とは、こういうことをいうのだと感心するしかない。

「ブラン、お前のご主人って、強引な人だね」

光の呼び掛けに、横になっていたブランが頭を擡《もた》げ、大きな欠伸《あくび》をした。

香取が肉を運んできた。恭しい仕草で光の前に皿を置く。エプロン姿が甚《はなは》だ可愛らしい。

「上手く焼けているかな。家庭の火力でも美味しく焼けるコツっていうのを、職場の人に教えてもらってきたんだが」

柔らかそうな肉は、色も匂《にお》いも焼き具合も申し分なく、値段も高そうだ。

「酒は？　ビールは飲むか？」

「いえ、……仕事中ですので。僕にお気遣いなく。正巳さんはどうぞ飲んでください」

そう勧めたが、香取は案の定「じゃあ俺もいい」と言い、光の向かいの席に着いてしまった。光もそれ以上は言わなかった。ここでじゃあ飲みます、と言ったら相手の思う壺《つぼ》のようで、なんだか悔しい。

香取の焼いてくれた肉は、見た目を裏切らずに美味《おい》しかった。ちゃんと料理ができるんだなと、惣菜《そうざい》のパッケージばかりが入っていたゴミ箱を思い出し、くすりと笑いが漏《も》れる。

「正巳さん、料理なさるんですね」

「ああ。一人暮らしが長いからな。たまには作るよ。得意ではないが。まあ、最近はあまりやっていなかったな。面倒で買ってばかりいた」

「忙しいですもんね。でも、惣菜ばかりだとよくないですよ。あ、それから、そのゴミを調理台の上とかに置きっぱなしにすると危ないです。ブランが間違って口にしたら大変なので」

いつか注意しなければならないと思っていたことを思い出し、それを口にした。

「日誌に書いておこうと思っていて。ゴミ箱からも時々はみ出ているでしょう。前にブランに悪戯されて、部屋を滅茶苦茶にされたじゃないですか。忙しくて大変なのも分かりますが、ブランが誤飲や怪我《けが》をしないようにだけ、配慮してください」

「そうだな。分かった。ブラン、悪かったな。今度からちゃんと片付けるよ」

なんでもできそうなのに、時々ずぼらなのが香取の面白いところだ。飾り気がなく、親しみやすい。

「他には何かあるか？　俺に言いたいことがあったら、言ってくれ」

「そうですねえ……。特にこれと言って思いつかないですけど。……あ」

「なんだ？」

「日誌の文字が時々読めません」

光の指摘に、香取は「……あー」と言って、苦笑いを浮かべた。

「それは会社でもよく言われるんだ。そんなに汚いか？」

「急いで書き過ぎるんじゃないでしょうか」

「ああ、部下にもそう言われた。じゃあ、今度からもう少しゆっくり書いてみよう」

強引なくせに、こういうところが本当に素直なんだなと、頷いている香取を見つめた。「温かいうちに」と促され、光も素直に柔らかい肉を頬張る。肉汁が口の中に広がり、思わず微笑んだ。

いつの間にか笑顔になっている自分に気が付く。いつもは意識して笑顔を作ろうとしても失敗し強張るのに、今はそうならない。

向かいにいる香取が、そんな光を見て目を細め、オードブルにあるサラダを取り分けてくれた。

「君の日誌を見るのが楽しみだった」

皿を受け取りながら、香取を見る。香取は例の屈託ない笑みを浮かべていた。

「ブランのことを凄く細かく書いてくれているだろう？　何をして、ブランが何で遊んで、どう喜んだかって。身体の状態から精神面まで丁寧に書かれてあって、感心したんだ。ブランの状態が仔細《しさい》に分かる。助かっていたよ」

「ありがとうございます」

「光くんが担当になってから、ブランが安定していくのが目に見えて分かってね。凄いなと思っていた。それで、どんどん甘える結果になってしまったわけだが」

「それは……。正巳さんも凄くちゃんとやっていると思います。ブランの経歴を考えたら、本当にブランは最高の飼い主さんに出会ったんだなって」

ブランがテーブルの下から顔を出した。自分の話題を出されるのが大好きなようで、今日は光の膝《ひざ》の上に頭を乗せてきた。撫でてほしいというブランのおねだりに、応じてやる。

「帰ってくるとな、なんとなくブランが、こんなことをして遊んでもらった、あんなところへ連れて行ってもらったって、俺に報告するみたいにするんだ。それで日誌を読んで、ああ、そうだったのか、楽しかったんだなって、そういうのが分かるのが楽しくて」

光の書いた日誌を読みながら、ブランの報告を聞き、相槌《あいづち》を打っている香取の姿が容易に想像できた。

「いったいどんな人なんだろうと、この半年間ずっと思っていた。こればっかりはブランに聞いても分からないからな」

光がブランの飼い主がどんな人だろうと思っていたのと同じように、香取も日誌を通して光のことを想像していたのか。

「会ってみたかったんだ、ずっと」

香取の話を聞いていて、今までのいろいろなことが符合してくる。

源太が言っていたこと。香取には気になる人がいると言っていた。その人と文通や、交換日記を交わしていると。

それから西藤《さいとう》との思わせぶりな会話。香取の強引とも言える誘い。それから今目の前にいて、光に向けている目の色と、声音。

「だから、あの日出張を切り上げて帰ってきた時、君の姿を見て本当に驚いた。熱で朦朧《もうろう》としていたからね、幻覚かと思ったぐらいだ」

「変な物を見たって言っていましたよ」

光の声に香取が、はは、と声を上げる。

「本当に、思いもよらなかった。ゲイナイトで会った子が俺の部屋にいる。どうしたんだろう。ああ、君が江口くんだったのか、そうだったのか、と理解して、そのまま寝てしまった。夜中に目を覚まして、あれは夢だったのか？　と思ったら、夢じゃあなかった」

あの時のことを、香取が嬉しそうに語っている。

「喉《のど》が渇いたと思って目を開けたら、君の顔があった」

夜中に目を覚まし、何かを探していた瞳が光を見つけ、香取は笑っていた。あの時と同じ笑顔で、香取が光を見つめている。

「寝ている間もブランと、君の気配がずっとしていた。気にしていると、何も言わないのに君は覗きに来てくれた。なんていうか、……とても安心した」

あの時、香取に以心伝心だなと言われた。光もそう思い、だけど言わなかった。

「光くん、俺は……」

香取の声が低く、深くなる。

「……あの」

香取の言葉を遮るようにして思わず声を発していた。

「正巳さんって、子どもの頃も犬を飼っていたって、西藤さんに聞きました」

光の声に香取は止まり、それから「ああ」と思い出したような声を出す。

これ以上香取の話が続くと、取り返しのつかないところへ行き着きそうで、怖かった。

「そう。飼っていたよ」

「凄く大きな犬だったって」

「そうだな。俺が小さかったから。それでも大きかったと思う」

無理やり話題を逸らした光に香取は乗ってくれた。不自然な間は一瞬で埋まり、香取は笑顔のまま光の質問に答えてくれる。

いつかの時もそうだった。ドッグランの帰り、普段の生活のことから光の過去の話に流れそうになり身構えた光に、あの時は香取のほうから話題を変えてくれた。頭がよくて優しい、大人だ。

「お兄さんみたいだったって、西藤さんが」

光の言葉に、香取が懐かしそうに視線を遠くに飛ばした。

「確かに。親が両方とも忙しかったからね。毎日二人で留守番をしていた。風呂《ふろ》も一緒に入っていた」

「そうなんですか。とても仲がよかったんですね」

「そりゃあね。写真見るか？」

光が返事をする前に、香取が立ち上がった。リビングを出て、物置にしている玄関脇の部屋に行ったようだ。

すぐに戻ってきた香取は、写真を数枚手にしていた。宝物を見せる子どものような顔をして、光に渡してくる。

写真は五枚あった。大きな犬と、小さな香取が写っている。

「わ。可愛い」

「そうか？　これは六歳の時だ。小学校に上がった年だな」

「正巳さん……、なんで自分のことだって思うんですか」

「だって可愛いだろう？」

それはそうだけれども。

「ハスキーですね。ミックスですか？　耳が寝ているのは珍しいですね」

「俺もよく知らないんだが、たぶん純血だとは思う。多頭飼いしている家で生まれた仔犬《こいぬ》をもらい受けるってことになって」

隈取《くまど》りしたような模様のハスキー犬がカメラ目線で座っていた。額にまろまゆが付いているのが可愛い。片方の耳が垂れているのが特徴的だ。

「耳が垂れているのが却《かえ》って可愛くて、これがいいって俺が選んだんだ。親はちゃんと両耳が立っているのを選べと言ったんだが、まあ、一目惚《ひとめぼ》れだ」

生後一年ぐらいだろうか、若々しい成犬の首に六歳の香取が抱き付いて、カメラを見ている。

「名前はなんていうんですか？」

「コロ」

犬の名前を呼ぶ声が、とても優しくなった。その一言だけで、香取のコロに対する想いが伝わってくる。

何処かへ旅行した折りにでも写したのか、背景に山や木々が見える。草の上で並んで座っていたり、背中に乗っかる仕草をしているものもあった。

自然の背景が多い中、一枚だけ後ろに家が写っている写真があった。立派な門があり、その向こうに家屋がある。門の前で香取が犬と一緒に立っていた。

「ああ、昔住んでいた家だ。この後引っ越したんだっけ」

最後の一枚を光から受け取り、香取が眺めている。声音が少しだけ変わり、その静かな声に、光は香取の顔を見ることができなくなり、下を向いた。

経済詐欺に遭い、両親の会社を潰され、犬を手放す前の、最後の写真だったのだろうか。

「その時にいろいろあって、犬も手放してしまってな。コロをもらい受けたところで次の飼い主を探してくれて、すぐに引き取られたらしい」

「そうなんですか」

「泣いて抗議をしたんだが、その頃仕事のほうでゴタゴタがあって、親もそれどころじゃなかったんだろう。飼いきれないからと説得された」

子どもだったからなと、写真を見つめながら寂しそうに香取が言う。

「きっと、可愛がってくれる人にもらわれていったんだろう。利口な犬だったから」

「そうですね」

恨みましたか、と聞こうとして、聞けなかった。恨むのは当たり前だと思ったからだ。兄のように慕っていた犬を無理やり手放すことになった元凶を、恨まないはずがない。西藤も言っていた。だから香取は今の職を選んだのだと。

光の父のような人間に、二度と同じ仕打ちをされないようにと、香取は今も努力を重ねている。ブランを探し、連れ帰ったのも、あの頃の自分の力の無さを悔やみ、ずっと忘れられなかったからだ。

膝の上に頭を乗せているブランが、光を見上げていた。クゥ……と小さく鼻を鳴らす。心配そうに光を見ているブランに笑い掛け、その小さな頭に手を乗せ、撫でてやった。

大丈夫。忘れないから。

香取の包み込むような優しさに絆《ほだ》され、居心地のよさについ大事なことを忘れてしまいそうになった。だけど忘れてはいけない。

今ここにこうしていられることは身に余る光栄で、だけどそれは、香取が光のことを何も知らずにいるからだ。

期待はしないと決めたのだ。期待して、後でこんなはずじゃなかったと言われたら、とても悲しいから。

「あの、僕、そろそろ帰ります。明日、お仕事でしょう」

「まだそんな時間じゃないだろう」

時計を見ると、八時になるところだった。

「いえ。僕も明日の準備がありますから」

「なら送っていこう。車を出すよ。酒を飲んでいないから」

「いいです。ブランと遊んであげてください」

「ブラン、一緒にドライブ行くか？」

何をどう返しても、香取が先回りをしてくる。苦笑しながら、光は足元にいるブランに、「じゃあ、またね」と挨拶をして立ち上がった。

「今日は一日中ドッグランで遊んだし、送るためだけにブランを車に乗せるのは可哀想《かわいそう》です。もう眠たそうだし」

飼い主の都合で余計なストレスを与えるのは駄目だと、言葉にしない光の意思は伝わったらしく、香取はそれ以上強くは言ってこなかった。引き際がスマートなのは流石《さすが》に大人で、そういう部分が心地好いのだとも思う。

「今日はご馳走さまでした」

「ああ、こちらこそ、付き合ってくれてありがとう。また来週もよろしく頼むよ」

挨拶をする光に香取が言った。そうだった。当面の間の日曜日、光はブランの専属シッターとして一日契約をしていたんだったと思い出す。

「来週は何が食べたい？　光くんが好きな物を用意しよう」

悪びれることもなくそう言って、香取が満面の笑みを浮かべた。

困ることはないんじゃない？　と源太は言う。

「だから、ブランちゃんにかこつけてひー君に会いたいわけでしょ？」

「そんなんじゃ……っていうか、そういうの、困る……」

源太が持っていたビールの缶をタン、とテーブルに置いた。風呂上がりの一杯を飲みながら、光の愚痴ともつかない相談に乗ってくれている。

「往生際が悪いわね！　いいじゃないの。ゲイだし、大人だし、お金持ってるし」

「お金関係ないと思うけど。それにゲイだとは限らないんじゃないかな。両刀とか」

「ゲイだわよ。生粋《きっすい》の。見て分かるじゃない！」

「分かんないよ……」

「お金だってあるほうがいいに決まってんじゃないの。おじさんいいわよぉ、包容力あって。腹は出てるけど」

おじさんじゃないし、腹も出ていないし、との反論は心に仕舞っておく。

「今のところブランちゃん連れてデートしてるだけなんでしょう。だったらそんな困ることないじゃない。向こうもそれでジリジリしながらも待ってくれているんだし、甘えて遊んでもらえばいいんじゃない？　あのおっさんにしたら、ひー君なんかその気になれば簡単に押し倒して捻《ひね》り潰せるのに、そうしないんでしょう？」

「捻り潰されるのはちょっと……」

「簡単だと思うわよ。どうせひー君のことだから、アワアワしてはぐらかしてるつもりで、全然はぐらかしてないんでしょ。向こうはお見通しだって」

グイグイ来られて困惑しながら逃げ出し、すんでのところで先回りされ、結局連れ戻される。香取は逃げ道を作りつつ、距離を詰めているのだという。

「ちゃんと時間掛けてくれるんだから。いい人じゃないの。ひー君だって会ってて楽しいんでしょ？」

「そりゃ、……ブランはいい子だし、ドッグランは楽しいし。あれに行くようになってから、ブランもどんどん自信がついたみたいで。昼の散歩ですれ違った犬に、こないだは匂いを嗅《か》がせたんだって」

「ほらね、そうやってはぐらかす」

はぁー、と呆れたように源太が溜息《ためいき》を吐いた。

デートの誘いだと源太に騒がれ、そんなことはないと否定し続けていたが、ここまでくると、いくら鈍い光でももはや勘違いだとは言えなくなっていた。

香取の態度はあくまで紳士的で、だけど好意をしっかりと光に伝えようとしてくる。

「なんで僕なんか……」

香取なら、光じゃなくてもいくらでも素敵な人が現れそうなのに。それがどうして自分なのか、さっぱり分からない。

「そんなものに理由なんかないわよ。好きになっちゃったらひー君が存在すること自体がもう理由なの！　強《し》いて言うなら運命なのよ、諦めなさい」

往生際が悪いとどやされても、源太の論理は乱暴過ぎてとてもじゃないが賛同できない。

確かに香取と会うのは楽しい。会えば会うだけ香取のいろいろな面を知ることになり、驚かされ、笑わされ、和まされる。

どんなに心に鎧《よろい》を着せて警戒していても、いつの間にかそれを外されている。強引にペースに巻き込まれながら、気が付くと自然体で笑っているのだ。彼と過ごす時間は心地好く、できればこのままずっとこんな関係が続けばいいと思っている。

だけど、それだけでは済まされない問題が光のほうにある。親しくなればなるだけ恐怖が増し、時限爆弾を抱えているような気持ちになるのだ。

「気にすることないいんじゃないの？」

考え込んでしまった光の顔を覗き、源太が言った。

「ひー君の家族のこと」

光の目を真っ直ぐに見て、源太が笑った。こんな風に目を覗かれて、怖いと思わないのは、光にとって源太だけだ。光の過去を聞いて態度を変えないでくれた、唯一の友人。

それは彼が過去、光と同じように、信じていた人に掌《てのひら》を返されたという経験があったからだろう。源太に出会えて光は救われた。

こんな人もいるんだと、それが分かった時、光は少しだけ上を向いて歩けるようになった。少ないけど、世の中には源太みたいな人がいる。

だけど、香取は違う。

「大らかな人みたいだし、ひー君のこと、本気で考えてくれているんなら……」

「それは……難しいと思うよ」

「……そう？」

大らかでも、どれだけ相手を好きだと思っていても、何かのきっかけでその感情は簡単に裏返しになるのだ。笑って冗談を言い合っていた友人が、次の日には目も合わせないなんてことは散々経験した。

嫌悪という感情に性格は関係ないと思っている。性格がいいからといって、一度嫌悪を持ったものを、以前と同じように好きになることは決してない。

そして本当のことを知った時、光に対する香取の嫌悪は、きっと他の誰よりも激しいものになるのではないだろうか。

父が逮捕されて以来、光と母は様々な嫌がらせに遭い、悪意に晒《さら》された。興味本位な中傷や、正義を翳《かざ》しての無責任な攻撃もあった。そういうものにももちろん傷付けられたが、それだけではない。

直接被害を被《こうむ》った人たちと、その家族から向けられた感情は、憎悪だった。

身柄を拘束された父に直接ぶつけられないその感情を、彼らは父の家族である光と母に向けてきた。

職を奪われ、家を失い、大切な家族との絆《きずな》をバラバラにされた。父のしたこととはそういうことで、香取はそれを経験している。

自分をそんな目に遭わせた人と同じことをした、そんな人間の息子を憎まないわけがない。だから香取には絶対に知られたくない。そして、知られないまま香取の好意を受け取ることも、できなかった。

「そんなことないと思うんだけどねぇ……」

源太の反論の声が弱くなる。絶対にないと断言できる材料はなく、源太も同じ経験を持っているからなのだろう。

人は一瞬で変わる。それを目の当たりにし、怖い思いもたくさんした。何があっても気持ちが変わらないなんて、そんな奇跡は起こらない。

だから光は動物を選んだ。彼らは変わらないから。光が何者であろうと、好きだと言ってくれるから。

「……仕方ないよ」

光の背負っているものは、何処までいってもなくならないのだから。

十一月も中旬を過ぎ、駅前がイルミネーションで飾られ始めた。商店街も緑と赤のクリスマス色が増えてきた。

光は相変わらず学校とペットショップでのアルバイトに忙しくしていた。

毎日曜の香取との専属契約も続いている。

今日はドッグランを早めに切り上げ、香取の部屋でブランのシャンプーをすることになった。クリスマスに向け、『モフリー』でもペットたちのトリミングの予約がいっぱいだという話をしたら、香取が「じゃあ、ブランも綺麗にしてやろう」と言い出したのだ。

部屋に戻り、濡《ぬ》れてもいいようにと香取のTシャツとハーフパンツを借りた。自分の服を着た光を見て、香取があからさまに嬉しそうなのが恥ずかしく、可笑《おか》しい。

「そういうの、いいな」

そんなことを呟《つぶや》き、何がどういいのかとオロオロと赤面している光を香取が眺めている。

大きなシャツを着せられて、香取の体格を改めて思い知らされ、落ち着かない気持ちになっている自分も恥ずかしい。

「よし、ブラン、綺麗にしようか。大人しくしてるんだぞ」

香取が声を掛け、二人でブランを浴室に連れて行った。ブランはあまりシャンプーが好きではないようで、尻尾を下げてノロノロとついてくる。

広い浴室は、それでも大人二人に大型犬一匹が入り込むと、いっぱいになった。ギュウギュウになりながら、ブランにシャワーを掛ける。

フワフワの毛が瞬く間にペシャンコになった。大人しく濡れながら、どうか顔には掛けないでくださいと、ブランが情けなさそうな視線を送ってきた。

「そうか。ブランは顔に水が掛かるのが嫌いなんだ。分かった。頭は最後にしようね」

「へえ。分かるのか。流石だな」

「仕草や表情で分かりますよ。それに、ブランは特別表情が豊かだから」

背中から腰へとシャンプーを広げ、声を掛けながら洗っていった。光が右側、香取が左側と、二人で協力してブランを洗っていく。

「次、尻尾ね。わ、極細になった。可愛い。大人しいね、ブラン、いい子」

光は夢中になってブランの身体を撫で回した。水に濡れてクリンクリンになっていく毛も、シャワーはちょっと嫌いだけど撫でられるのは気持ちいいと、目を細める表情も、背中に水を掛けられているのに、何故か水を飲むようにピチャピチャと舌を出して口を動かしているのも、全部が可愛いかった。

「じゃあ、顔を洗おうか。ブラン、怖くないよ。こっち見て」

ブランの真正面にしゃがみこみ、目の高さを一緒にし、顔の周りをクシュクシュと洗う。

「ほら、気持ちいいだろう？　正巳さん、上からゆっくりお湯を掛けてあげてください。ブラン、流すよ、こっち向いて」

声を掛け、シャンプーを流すように手を動かす。撫でられるのが大好きなブランがもっともっとと顔を近づけてきて、目の前にいる光の顔を舐め回した。

擽ったくて楽しくて、声を立てて笑う。ブランが鼻を鳴らす音と、光の笑い声が浴室に響いていた。

「……なんだ。いいな。俺もそういうのがしたい」

シャワーを上から掛けながら香取がボソ、とまたそんな子どもみたいな台詞《せりふ》を吐《は》き、それも可笑しくて、光は笑った。

「僕とブランが仲良し過ぎて、また焼きもちやかれてる。そんなことないのにねー」

おどけた声を上げる光に、ブランもバウ、と吠え、香取が凝《こ》りもせずに「そんなことある」と言う。

「もう。正巳さん、子どもみたい。ほら、お腹《なか》の下もちゃんと洗ってあげてください」

笑いながら香取に命令すると、香取は苦笑しながら光に従った。

ブランが王様のように二人に身体を洗わせている。光の指示に香取が従い、時には今みたいに叱られ、拗《す》ねたり笑ったり、浴室は賑《にぎ》やかだ。

シャンプーを済ませ、浴室から出た。大判のタオルでブランを拭いてやっていると、光の頭にタオルが掛けられた。

「びしょ濡れだな。ほら、じっとして。よし、いい子だ」

ブランに対するのと同じような口調で、香取が光に言った。タオル越しに大きな掌の感触が伝わってくる。

「光くんはブランと一緒だとよく笑うな」

「え、そうですか？」

「ああ、こんなによく笑う子だとは思わなかった」

香取の声も笑っている。タオルを動かしながら「元気でよろしい」と言われ、光の口からも、ふふ、と声が漏れた。

ブランと一緒の時と香取は言うが、それは少し違う。もともと光は、ブランを相手にしている時にしか、笑えなかったのだ。動物以外の人と一緒にいて、自分がこんな風に笑えるようになるなんて、光のほうこそ思っていなかった。

笑顔を作ろうとすれば顔が強張り、それを人に見られたくなかった。何か隠しているんだろうと勘ぐられるから。

「夕飯はどうしようか。食べていってくれるよな」

光の頭を拭いてくれながら、香取がこれからの楽しい時間の提案をしてくる。

「あ、……はい。じゃあご馳走になります」

時限爆弾はまだ破裂しない。

いつか破裂するのは分かっているけれど、できればあと少しの間、……本当はずっと、こんな風に穏やかな時間を過ごしていたいと、夢みたいなことを思った。

「よし。……と言っても、今週は少しバタバタしていて、買い物もしていないんだ。何か出前を取ろうか。寿司《すし》でもピザでも」

「そうですね。……じゃあ、あの、もしよかったら僕が作りましょうか」

光の提案に、頭の上にある香取の手の動きが止まった。振り返ると、香取が驚いた顔をして光を見ていた。

「いつもご馳走になってばかりなので、たまには」

毎日曜ごとのシッターの専属契約は、光にとって経済的にとても有難いものだった。どんな交渉をしてくれたのか、破格の料金を設定してもらっている。

車を出してもらい、ブランをというよりも、光自身が遊ばせてもらっている。その上昼食も夕食も香取が振る舞ってくれるのだ。

遠慮もさせてもらえず、与えられることばかりで、それならせめて自分に作らせてほしいと申し出た。

「光くんが作ってくれるのか？」

「でも、たいしたものはできませんけど」

期待されても困るので、そう言って予防線を張る光に、香取が満面の笑みを浮かべた。

「それはとても嬉しいが。材料がなんにもない。米と……パスタぐらいならあるが。買って来ようか」

「そうですね。じゃあ、ちょっと台所を見せてもらってもいいですか？」

キッチンに向かう香取についていき、覗かせてもらった冷蔵庫の中は、なるほどサッパリとしたものだった。ビールが殆どの面積を占めていて、あとは水、牛乳、それからポン酢や麺《めん》つゆなどの調味料系ばかりだ。ベーコンと卵は朝食用なのだろう。野菜室にトマトと玉ねぎと半分のキャベツがあった。

「入り用なものを言ってくれ。すぐに買ってくる」

「ええ。でも今から買い物に出るのも面倒ですし。これだけあれば、適当に作れそうです」

「え、そうなのか？　凄いな！」

あまりに驚いた声を出す香取に、またもや笑い声が出る。

「本当に簡単なメニューになってしまいますが」

「もちろん、そんなことは構わない」

冷蔵庫にある野菜とベーコンを使い、麺つゆで味付けした和風パスタを作ることにする。ツナ缶はあるかと聞いたら、あると言うのでそれも使った。それから卵とトマトのコンソメスープを添える。

「普段もこんな風にして作っているのか？　主婦みたいだ。偉いな」

「源ちゃんのほうが上手《じょうず》ですよ。あるものでチャチャッて作っちゃうから」

「ふうん」

「餃子《ギョーザ》もタネから作ってくれて。餃子一つでいろんな料理を作ってくれるんですよ。休みの日とか二人で大量に作って冷凍しとくんです。タネを源ちゃんが作って、僕が包むのを手伝うんですけど」

「それは羨ましいな」

「そうなんですよ。この麵つゆパスタも源ちゃんがレシピを教えてくれたんですよ。きのことか、あと大葉があったらちょっと本格的な和風パスタになるんですけどね」

「十分美味しそうだ。何か手伝うことはないか？」

手際よく準備を進めていく光の横で、湯を沸かそうか、野菜を切ろうかと、大きな身体が右往左往する。タオルを身体に巻いたままのブランまで一緒にいるからキッチンが狭い。

「あ、エプロン出せばよかったな。今から出そう」

「正巳さん、エプロンはいいですから、ブランを乾かしてあげてください。それよりまず着替えたら。正巳さんも濡れていますよ。また風邪《かぜ》引いたらどうするんです」

光に言われ、香取がすごすごとキッチンから出ていった。「……怒られた」とブランに言いつけ、慰められている。

ブランのブローが終わり、香取が着替えたところで、即席和風パスタとスープも出来上ががった。二人で向かい合い、夕飯を取る。

市販の麵つゆだけの味付けなのに、香取は美味い、美味いと絶賛し、光を笑わせた。ビールを飲もうかと言われ、一杯だけ、と今日は付き合うことにする。

浮かれていると自分で思う。だけど楽しくて、たまにはいいじゃないかなんて、自分を許してしまった。

香取がグラスにビールを注いでくれた。乾杯、とグラスを掲げ、冷たいビールを飲む。とても美味しくて、また笑顔になった。香取も笑っている。

「それにしても偉いな。アルバイトをしながら学校にも通って、ちゃんと自炊もするんだから。しっかり自立しているんだな」

「そうでもないです」

「いや、本当に。シッターの仕事も責任を持ってしてくれるし。若いのに凄いと思うよ。あの店で最初に会った時は、チャライ学生かと思ったんだが」

「はは。髪の色がこうですからね」

凄い色だ、マカロンだと言われた時のことを思い出し、光も笑顔で返した。

「ああ。だが、中身が違うから驚いた。話せば話すほど印象が変わる」

「そうですか?」

「ああ、全然違う」

外見と内容にギャップがあるというなら、香取のほうがそうだと思うのだが、本人が気付いておらず、逆に光のことをそんな風に評するのが可笑しい。

「その髪の色は何かポリシーがあるのか?」

「んーと、そこまで絶対的なものじゃないですけど。ただ色が付いているのが好きなので」

素直な疑問を屈託ない調子で聞かれ、光も軽く答えた。髪を染めるようになってから、いろいろな人に同じ質問を受ける。そもそも話題をそこに集中してもらうためにこうしているのだ。からかわれても、説教を受けても、話題がそこにあるうちは、何も気にならない。

「普通の髪の色も見てみたいな」

「そうですね。でも、ずっとこういう感じでやってきたんで、普通の色にしたら落ち着かないかも」

「そんなもんか」

「そんなもんです」

「俺は染めたことも色を抜いたこともないから、よく分からないが」

「正巳さんは今の色が似合っていると思いますよ」

「そうか。じゃあ、染めないでおこう。光くんがこれが好きだと言うなら」

さらっと言われて素直に頷きそうになり、待て待て、と固まる。香取のペースに乗せられ、ついつい「好きです」なんて言葉を口走りそうになるから油断できない。

「俺も、光くんは自然に近い色が似合うと思うけどな」

香取はそう言って「まあ、俺のセンスなんか当てにならんけど」と笑った。

「だが、今は学生だからいいかもしれないが、そのうち就職活動が始まるだろう。そうなると、そのままじゃいられないな」

「はい。そうなんですよ。それが悩みの種です」

「いくら本人がしっかりしていても、人は外側で判断するからな」

「そうですね」

それは光も痛いほど分かっていることだ。

「就職が決まったらお祝いをしよう。光くんに何か贈りたい。何がいいか」

「そんな、まだ決まるかどうかも分からないのに」

「そりゃ決まるさ。君なら大丈夫だろう」

顔を上げると、香取が穏やかな笑みを浮かべたまま、ゆっくりと頷いた。

香取は光が当たり前に就職できると信じているのだ。そして自分がその時に一緒に祝えると思っている。

「随分先の話ですし」

「もうすぐだろう？　再来年の春には君は働いているはずだ」

再来年の春、香取は今のように光に笑顔を向けてくれているだろうか。

「今日も飯を作ってもらったし。ほら、前にお菓子ももらったし」

「そんな……たいしたことじゃないです」

「本当によくしてもらっている。ブランだって以前とは見違えるぐらい元気になった。君のお蔭だと思っているよ、俺は」

感謝の言葉を、香取はこんな風になんの衒《てら》いもなく言ってくれる。本心の言葉だと分かるから、光栄で嬉しく、……苦しくなってしまうのだ。

「今日も綺麗に洗ってもらったし。毎週のドッグランも楽しいもんな、ブラン。光くんが来てくれてよかったよな」

香取の声に、ブランが同意するようにバウ、と吠えた。

「ほら、ブランも分かっている。光くんは特別なんだよ、ブランにとっても、俺にとっても」

香取がまた嬉しいことを言ってくれる。その声を聞きながら、光はフォークを動かし、クルクルとパスタを巻き付けた。

「……僕がブランの担当になったタイミングが単によかっただけです。他の人が来ても、ブランはよくなっただろうし、特別じゃないです」

自分は香取が思ってくれるほど、しっかりした人間ではない。

「そんなことはない」

褒《ほ》められれば褒められるほど、香取を騙している自分が卑しく思え、辛《つら》くなる。後で本当のことを知られれば、幻滅される落差も大きくなる。

「本当、僕は仕事として淡々と世話をしただけで、他のシッターとやっていることは変わりないんですし、ブランが僕に懐いてくれたのは、たまたま波長が合ったんだと……」

「本当にそう思っている？」

「え……」

顔を上げると、香取が真っ直ぐに光を見ていた。

「他と一緒か？　特別なものはないのか、少しも？」

本当にそれ以上の感情はないのか、仕事だけと割り切ってここに来ているのかと、香取の目が問うてきた。

答える言葉がなくて、下を向く。

頭がよく、人の気持ちを汲《く》むことに長《た》けている香取は、光が誤魔化《ごまか》してもきっと奥にある本音を見透かしている。

だけどここで自分の気持ちを認め、答えてしまった後、とても辛いことになるのが分かっているから、どうしても答えられない。

初めて出会った時から、ブランは特別に可愛い。その飼い主の香取のことも大好きだ。今ここにこうしていられるのも、現実味がないと思うほど嬉しくて楽しい。ずっとこんな風な関係が続いていけばいいと心から思っている。

だけどそれは光にとっては大それた願望だ。叶《かな》わない夢は持たないことにしているのだ。

「……まあ、今は就職に向けて、学校のカリキュラムを堅実にこなしていくことだな。ペット業界は俺も門外漢だが、相談できることがあったら言ってくれ」

いつものように香取のほうが先に折れ、話題を変えてくれた。優し過ぎて、胸が苦しい。

「光くんがシッターに来てくれたことは、本当にラッキーだったと思っているから」

「……ありがとうございます。僕も……ブラン、可愛いです」

かろうじてそれだけ言った光に、香取はうん、と頷き、光のグラスにビールを注いでくれた。


ビールを一本ずつ飲み、パスタも食べ終わった。男二人の食事は三十分もしないうちに終わってしまう。

後片付けをしようと、二人で食器を運ぼうとしたところで、香取の携帯が鳴った。

「ああ、うん。届いたか。それを監査してほしくてな」

携帯を取った香取が仕事の話を始め、光は香取の分の食器も請け負い、キッチンに入った。

香取が目で謝り、寝室から鞄を出してきた。

「数字の動き具合が綺麗過ぎると思ってな。……ああ、なるべく早く知りたいんだ」

深刻な内容なのか、香取の声が低くなった。音を立てないように気を遣いながら、食器を洗う。ブランも香取に寄り添ってはいるが、邪魔をしないようにと大人しくしているようだ。

「休みの日なのに悪いな。ああ、それは構わない」

今週は忙しくて買い物もできなかったと言っていたし、急ぎの仕事でも入っていたのだろうか。会社を経営している香取だ。出張も多く、多忙な人だというのは始めから知っていた。日曜にドッグランに行くために無理をしていたんじゃないだろうかと心配になった。

「……ばっ、何言ってんだよ、お前じゃあるまいし。ふざけたことを言うな。そんなんじゃない」

真面目《まじめ》に仕事の話をしているのかと思っていたら、急に砕けた言葉遣いになるのを聞いて、電話の相手の見当が付いた。たぶん西藤だ。

「いいから届いた数字を見てほしいん……そっちの協力はいらん、黙れ」

絶対に西藤だ。

電話越しで喧嘩《けんか》をしながら、香取は鞄から取り出した書類を広げて話している。西藤のからかいも終わったらしく、真剣な顔で何かを説明していた。

「じゃあ頼むな。俺も結果が出るまでには書類を揃《そろ》えておくから」

社会人の顔をした香取は落ち着いた大人で、努力と経験に裏打ちされた自信ある姿が魅力的で、同時に遠い存在だとも感じた。

洗い物を終え、ついでにキッチンの掃除を簡単にした。以前ブランのために光が意見したことを、香取は律儀に守っているらしく、ゴミ箱はキッチリと蓋《ふた》が閉じられ、調理台の上にもゴミはない。やればちゃんとできる人のようだと思いながら、皿を食器棚に仕舞った。

手を拭いてリビングに戻ってくると、静かになったと思っていた香取が、ソファ前のラグの上で寝ていた。膝の上にブランの半身を乗せ、大きな身体が横倒しになっている。

ラグの上には書類が広げられたままだ。ブランも香取の上でスピスピと鼻を鳴らして目を瞑《つぶ》っていた。折り重なるようにして気持ちよさそうに二人して眠っている。

「……やっぱり忙しかったんだ」

音を立てないように注意しながら、散乱している書類を拾う。顔に光の影が掛かっても、目を覚ます気配はない。

「本気寝？」

起こそうかどうしようかと迷いながら膝をつき、ラグの上で完全に寝入っている香取の寝顔を見つめた。

僅《わず》かに眉根を寄せ、唇が少しだけ開いている。いつも後ろに流している前髪が、額に掛かっていた。

濃い睫毛《まつげ》が影を落としているのをじっと眺めていたら、なんの前触れもなく突然香取が目を開けた。自分が寝ていたことに気付いていないのか、ぼうっとしたまま光を見つめている。

いつか熱を出した時も、夜中に目を覚ましてこんな表情をしていたと思い出す。

「眠いですか？　僕は帰りますから。ちゃんとベッドで寝てください」

不思議そうな顔をする香取に言うと、寝そべったままの香取の腕が伸びてきた。寝ぼけているのか、光の髪を撫でながら、香取が笑っている。

「起きてます？　正巳さん。僕ですよ……？」

まさかまたブランと自分を間違えているのかと思い、光も笑った。そうしたら、頭を包んだ手で引き寄せられた。力が一つも入っていない、あまりにも柔らかい仕草に、抵抗する気持ちも起きないまま、光の身体も自然に倒れていく。

唇が重なっていた。何も思う間もない出来事だった。

重なった瞬間、二人とも目を閉じていなかった。光の唇が触れてから、香取がゆっくりと目を閉じる。僅かに開いた隙間《すきま》を温かいものが撫でてきたのを感じた。

頭を包んだまま、香取が顔を倒した。横から合わさり、入り込んできた舌先で撫でられる。クチ、……と水音が聞こえ、我に返る。光の身体に力が入ったことに気付いた香取が目を開けた。至近距離で視線がぶつかる。香取の掌は、まだ光の頭を包んでいた。

香取の上に被《かぶ》さっていた身体を起こす。頭の上の手は離れず、香取の身体もついてきた。正座をしている光の正面で、ブランを膝に乗せたまま、香取も座っている。

もう一度引き寄せられた。今度は意思のある力だった。反射で抵抗し、身体を強張らせると、香取のもう片方の手が伸びてくる。長い指が光の顎《あご》に当たる。猫を撫でるように指先で撫でられ、香取の顔が近づいてきた。

「あ……」

声を塞《ふさ》ぐようにして唇が当たった。軽く吸われて、舌先が滑り込む。今になって心臓が騒ぎ始めた。熱い舌が光のそれを撫でてくる。顎にある指が動くと、自然と光の口が開き、香取が奥深くまで入ってきた。

仕草の何処にも強引さはなく、それなのに抵抗もできない。搦《から》め捕られた舌を連れて行かれて吸われた。チュクチュクと音が立つ。

「ん、……ん」

押しのけたいのか、しがみつきたいのか分からないまま、光は香取の服を摑《つか》んでいた。

「う……、ゃ」

口を塞がれ、息の仕方が分からなくなって声を発したら、頭の後ろにある掌で撫でられた。もう片方の指が顎の下を擽ってくる。掌と、指と、唇と、舌と、すべてを使って香取が光を宥《なだ》めてくる。

香取が顔の向きを変え、ほんの少しの隙間ができる。は……ふ、と息を吐くと、また大きく塞がれて、今度は強く吸われた。

香取の唇は柔らかく、中は熱い。含まれて吸われ、トロトロに溶けそうだ。頭を包む手が温かく、優しくて、何も考えられない。

キュゥゥ……ン、という声がすぐ下で聞こえ、パッとお互いの身体が離れた。

香取の膝の上にいるブランが顔を上げ、二人の顔を交互に見ている。接近している二人の間に挟まれ、何をしていたのかと不思議そうな顔をしていた。

「ああ、ブラン。窮屈だったか。悪いな」

ブランに謝った香取が、茫然としている光に笑い掛けてきた。

香取が見つめてくる。笑みを浮かべている唇が何かを言おうとし、香取の声を聞く前に、光は急いで声を出した。

「……やだなあ。正巳さん。ブランと間違えました？」

飛び出しそうな心臓を宥めながら、光も必死に笑顔を作ろうとした。いきなりの出来事に混乱し狼狽えながら、この場を取り繕おうと言葉を探す。

「びっくりしました」

「光くん」

「ブラン、君のご主人、寝ぼけちゃったみたいだよ」

強張ってしまい、笑顔が作れないから、下を向いたままブランに話し掛けた。

「お仕事、忙しかったんじゃないですか？　あんまり無理をすると、また熱を出しますよ。なあ、ブラン、心配しちゃうよね」

「間違えたわけじゃない。寝ぼけてもいないぞ」

「でも、あの……」

「どうしてはぐらかす？　何故冗談で済まそうとする」

上を向けずにいる光の耳に、香取の静かな声が入ってきた。ビクリと身体が震える。低い声に怒りが滲《にじ》んでいるように聞こえたからだ。

香取の行動を、寝ぼけた上の事故として流そうとする光に、香取は怒っているのだ。

今までは強引に押してこられても、光が動揺すればすぐに引いてくれた。鷹揚《おうよう》な香取の掌の上でいいように転がされていた感覚はあったが、それが心地好くもあったのだ。逃げ道はいつも用意されていて、決定権は自分にあるような錯覚さえ覚えていた。

だって、爆弾を抱えているのは自分のほうだから。

香取が光を見つめている。顔を上げなくても視線が刺さる。声は静かだが、注がれる眼差《まなざ》しは強く、光を捉えて離さない。そんな風に見つめられるのは苦手だ。……怖い。

「光くん、悪かった。責めているわけじゃない」

頑なに俯《うつむ》いている向こうで、香取の穏やかな声が聞こえた。顔を上げられないでいる光に、ブランが近づいてきて、心配するように下から覗いてきた。

「乱暴なことをしたな。悪かった」

謝られて、かろうじて首を横に振る。乱暴なことなんか何もされていない。優しい、労《いたわ》るようなキスだった。

それをなかったことにしようとした。

悪いのは、自分だ。

「あの、……帰ります。ごめんなさい」

のろのろと立ち上がって、自分の荷物を取った。玄関に行く光の後ろに、香取とブランもついてくる。気まずい空気を払拭したいが、どうしても香取の顔を見ることができず、気の利いた言葉も思いつかない。

「光くん、顔を上げてくれないか……?」

スニーカーに足を入れ、挨拶だけでもしなければと振り向いたものの、下を向いたままの光に、香取が言った。

自分でも顔を上げようと思うのだが、首の動かし方が分からなくなったように動かない。困っていると、ふわ、と頭の上に香取の手が乗せられた。拳を握っている手をブランも舐めてくる。

大丈夫? 大丈夫? と光を一生懸命心配してくれているブランの顔を見たら、強張っていた身体の力が抜け、ほんの少しだけ、上を向くことができた。

やっと目が合った香取は、いつか散歩から帰ってきた光とブランを迎え入れた時のような、ホッとした笑顔になった。

「光くん、本当に悪かった」

「いえ、僕のほうこそ……ごめんなさい」

いつかと同じ、お互いに謝り合うが、あの時のように空気は解れず、光は再び下を向き、そのまま玄関のドアを開けた。


翌週、日曜の約束が反故《ほご》になった。香取に仕事が入ったからという連絡を『モフリー』から受け取ったが、理由は別にあると思う。

当たり前だ。あんな帰り方をして、香取が何も思わないわけがない。

「まどろっこしいわね、あんたたち。タヌキかと思ったら、今度はバンビちゃんなの？　生まれたてかっつーの」

源太が憤慨している。

「一回キスを断ったぐらいで、どんだけヘタレなのよ」

……断ってないし。むしろその後の光のヘタレた態度に、向こうが呆れてしまったのだ。

「それともあれかしら。押してダメなら引いてみる作戦。気を持たせてひー君の動揺を促してるとか。駆け引きしてるつもり？　一回り以上も下の子捕まえて、随分姑息《こそく》な手を使ってくれるじゃないの」

「違うよ」

駆け引きを使うにしても、香取はそういう手段は取らない人のように思えた。悪戯に相手の動揺を誘い、不安を煽《あお》るようなことはしない。

そう思えば思うほど、それなら光と会おうとしない理由が限られてしまう。単に会いたくないから、光が子ども過ぎて嫌になったからとしか思えない。

「嫌われちゃったよね、やっぱり」

会う度にそんなつもりじゃない、受け入れたら駄目だと、はぐらかして逃げ回っていたくせに、香取からの連絡が途絶えると、こうして傷付いている。自分本位で臆病で、本当に子どもだ。香取が呆れてしまうのも無理はないと思う。

あんなに気遣ってくれて、あんなに優しくしてもらっているのに、光は何一つ香取に対して意思表示をせず、最後には完全に逃げてきてしまったのだ。

「仕事が忙しいんだって。来週は連絡来るわよ、ね？　そうだ。今日は美味しい物を食べようか。何にする？」

意気消沈してしまった光を、源太が慰めてくれた。

「それともたまには外に飲みに行こうか。気分転換しよう？」

駄目になるならなるで、短い期間でも楽しめばよかったのだろうか。だけど絶対駄目になると分かっていて、踏み込むのはやっぱり怖いし、辛い。

気持ちの受け入れ方が分からない。自分から人に近づいたこともない。恐怖が先に立ち、どうしても逃げることだけを考えてしまうのだ。強くなれたらいいのだろうけど、どうしたら強くなれるのかが分からない。

これからもずっとこんな風に何からも逃げて過ごさなければならないのだろうか。

最後に目が合った、香取の仄《ほの》かな笑顔と、傷付いたようにして謝っていた声を思い出す。

「髪、染めようかな。元の……自然な色に戻してみようかな」

光の声に、源太が目を大きく見開いた。

「いいんじゃない？　凄くいいと思うわよ」

源太が賛同してくれた。光の心境の変化に喜んでいる。

「善は急げだわね。明日、学校終わったらお店に来て。すぐにやってあげるから」

髪の色を変えたからといって、強くなれるとも思えないが、変われるきっかけになるかもしれない。

広い公園で疾走するブランの姿が浮かんだ。

前の飼い主に捨てられ、人間不信に陥って、いつでも怯《おび》えていたブランだってあんな風に変われたのだ。

怖い、怖いと逃げ回っていても何も変わらない。

「そのうち就職活動が始まるし、今から慣れておいたほうがいいかな、って思って」

香取は自然な髪の色の光を見てみたいと言っていた。今更そんなことをしても無駄かもしれないし、次に会えるかどうかも分からない。

だけどもしも会って、その時に光の髪の色を見たら、どんな顔をして、何を言うんだろうと、想像するだけでも楽しいんじゃないかなと、そう思えた。


学校でもアルバイト先でも、普通の色に戻った光の頭に、しばらくは話題が集中した。

実際、話題を髪の毛に集中させるためにやってきたことだったが、元に戻しただけでこれほど騒がれるとは思わなかった。

どうしたの、と聞かれ、就職活動の準備だと説明すれば、皆納得してくれた。似合うと言われて悪い気はしないが、やはりじっと見られてしまうと落ち着かない気持ちになった。

もともと学校にも特に親しくしていた人もいなかったが、一年近く同じ場所に通っていれば、顔見知りにはなる。大人しくて暗い、それなのにやたらと髪の色だけが派手な光だったから、その急激な変化に興味津々《しんしん》で寄ってくる人もいた。すれ違いざまに二度見されるのが居たたまれない。

以前は話をする時に、皆無意識に光の頭に視線を置いてくれたが、今は目を見る。強くなってみたいと願っても、すぐにそうなれるわけでもない。人の目が怖いのも変わらなかった。

怖いけど、慣れていかなければならない。自分を叱咤し、恐怖にひたすら耐えながら、周りが早く関心を失ってくれることを願った。

そういえば、香取は話す時に必ず光の目を覗いていた。あれから香取とは会っていない。日曜のドッグランの約束は、二週続けて中止になっていた。

源太が「年末に入るからきっと忙しいのよ」と慰めてくれた。そうだと思いたかったが、やっぱりそう思うことはできなかった。

十二月に入ってすぐの週末、『モフリー』から新しいシッターの依頼が入った。金曜から二泊三日で旅行に行くため、土曜日に猫の面倒を見てほしいというものだ。

地図を頼りに出向いた仕事先は、ワンルームマンションだった。女性の一人暮らしらしく、可愛らしい家具に囲まれた部屋に、長毛のスコティッシュフォールドがいた。丸い顔に小さな垂れ耳が愛らしい。

「モモちゃん、こんにちは」

最初は光を警戒し、ベッドの下に潜り込んでしまったが、持参したおもちゃをパタパタさせたら、あっさりと出てきた。

フードや水やり、トイレ掃除、部屋の換気、グルーミングと仕事を進めていく。猫は散歩をさせてやる必要がないので、拘束時間は短い。環境を整えてやった後は帰るまで遊んでやることにする。

「キャットタワーとかあれば、楽しいのにね」

紐《ひも》の付いたおもちゃを咥《くわ》え、遠くへ持っていこうとしているモモに話し掛けた。

ワンルームの部屋は置いてある家具がどれも低く、高いところが好きな猫にとっては、遊び場が少なかった。部屋を見回しながら、あのローボックスの隅にならなにか置けるんじゃないかと、勝手なことを考えた。大学生なのか、教科書らしい本がボックスの中に並んでいた。

何気なく背表紙の文字を眺め、その中に卒業アルバムを見つけ、光はギクリとした。

父が逮捕される前、光は私立の中学校に通っていた。その学校名がえんじ色のアルバムの背表紙に書いてあるのだ。

そっと近づきその文字に見入る。心臓が音を立て、耳から頭の後ろまで熱を発したように熱くなる。

モモの飼い主は光と同じ中学の卒業生なのか。いつの卒業だろう。光のことは知っているのだろうか。

アルバムを開いて確かめてみたいが、それはできない。留守を預かるペットシッターが、留守中に家主の私物に勝手に触るわけにはいかなかった。

父の事件で学校に通えなくなった光は、卒業アルバムを受け取っていない。アルバムの中に自分の写真があるのかさえ知らなかった。

大学生だとしたら光と年が近い。もしかしたら同じ学年かもしれない。

部屋の中を見回し、見覚えのある物があるかどうか確かめる。そんなものが見つかるはずもないのに、探さずにはいられなかった。心臓がこめかみに移ったようにドクドクと脈打ち、耳鳴りがした。額に汗が浮く。

その時、ガチャリと音がして、部屋のドアが開いた。

飛び上がるほどびっくりして玄関を振り返ると、若い男の人が立っていた。向こうも光の姿を見て驚いている。

「何？　……あんた誰？」

胡散臭そうな声を出し、男が咄嗟に携帯を手にした。光を不審者と捉え、警察を呼ぼうとしているのだと分かり、光は慌てて声を出した。

「あのっ、この部屋の方のお知合いですか？」

「……そうだけど？　んで、あんたは？」

「僕はペットショップから派遣されてきたシッターです。今日はこの部屋の方に依頼されて、猫の世話をしに来ました。怪しい者じゃありません」

懸命に説明する光に、男はまだ警戒を解かない様子で光を観察している。

名刺代わりのスタッフカードを鞄から出し、それから猫の名前を呼んだ。モモは不穏な空気に驚いたのか、またベッドの下に潜ってしまっていた。

「『モフリー』というところから派遣されてきました。カードの番号へ電話して確認してくださって構いません。それで、あの……あなたは……？」

合鍵を使って入ってきたから知り合いなのかもしれないが、光だっていきなり知らない人が入ってきたからびっくりしたのだ。

「あー、俺は、一応ここん家《ち》の人の友だちっていうか……。まあ、付き合ってるんだけど。ちょっと待って。本人に聞いてみるから」

持っていた携帯を操作し、男の人が依頼主に電話をした。「来たら誰かいんだけど」とか「聞いてねえよ」などと受け答えする声がしたが、結局は納得してもらえたらしい。

「なんだよ。びっくりした」

携帯を切った男が苦笑する。猫はベッドの下から出てこない。

「同窓会ついでに実家帰るっていうから、モモどうしてんだろって来てみたんだよ。なんだ。ペットシッター？　そんな職業があるんだ」

納得はしても、何処となく不信感を持っているようで、男の表情は硬い。自分を差し置いて業者を呼んだことに、腹を立てているのかもしれない。

「なんだあいつ。ちゃんと頼めばいいのにさ。一回断ったぐらいで。当てつけかよ」

依頼主は留守をするに当たって初めはこの彼氏にモモのことを頼んだらしい。それを無下にされて急遽《きゅうきょ》『モフリー』に登録したというところか。

「現にこうして来てやってんじゃんね。心配して損した。あーあ」

大袈裟《おおげさ》な声を出すが、男の声を聞いてもモモが一向に顔を出さないところを見ると、この部屋にいる時の男の態度が窺《うかが》えた。

嘆いている男の横で帰り支度《じたく》を始めた。モモは出てこないが、健康状態は特に問題もないし、留守中のケアも終わっている。

「あれ、帰んの？」

「はい。一時間での依頼ですので」

「ふうん。それでいくらぐらいすんの？　ペットシッターって」

質問に答えると、男は大袈裟に「高え」と言って騒いだ。

「人ん家来て一時間いるだけでその値段かよ」

いるだけということはないが、ここで詳しく説明をする必要はない。依頼主はこの男ではないし、馴《な》れ馴《な》れしい態度が落ち着かない。それに卒業アルバムのこともあり、光は一刻も早くこの部屋から出たかった。

「社員さん？　長いの？　動物好きだからこういう仕事やってんでしょ？」

早く帰りたいと思うのに、退屈しのぎなのか、男が話し掛けてくる。

「年いくつ？　俺と同じぐらいに見えるけど。俺二十歳《はたち》。あ、モモの飼い主も一緒ね。高校ん時からの同級生。今日はあいつ、中学んときの同窓会に出るって田舎《いなか》帰ったのよ」

そう言って北関東にある都市の名前を告げた。光が生まれ育ち、逃げるようにして出ていった場所だ。

「で、そっちは何処住み？　近いの？　年はいくつよ？」

「あ、いえ。それは……」

どうしよう。モモの飼い主は絶対に光のことを知っている。同郷だというこの男だって、光の顔を見たかもしれない。

ネットで顔写真を晒された。

そこにあるアルバムの何処かに、光の姿が写っているかもしれない。

「なんで？　年ぐらい教えてくれてもいいじゃないか。個人情報保護法ってやつ？」

男が顔を覗いてくる。

見られたくない。髪の色を戻さなければよかった。自分を隠す鎧がない。

「あれ？　……どっかで会ったことない？」

知られてしまう。怖い、怖い、怖い。

鞄を摑み立ち上がる。男の横をすり抜けるようにして玄関に向かった。

「あ、なあ、ちょっと」

適当なことを言って誤魔化そうと思うが、喉に何かが引っ掛かったように言葉が出てこない。スニーカーの踵《かかと》を潰したまま突っ掛け、ぶつかるようにしてドアを開けた。

こんな立ち去り方をしたらますます不審がられるのが分かっていたが、どうしようもなかった。あの場にいて光の素性がばれたらもっと酷《ひど》いことになる。

部屋から飛び出し、そのまま走った。スニーカーの踵は潰れたまま、履き直すために立ち止まることもできずに、とにかく前に進んだ。異様な様相で走っていく光をすれ違う人が振り返る。注目されていると思うとそれにも恐怖を覚えた。

あんな出ていき方をして、男はどう思っただろう。モモの飼い主にまた電話をしただろうか。渡してしまったスタッフカードには光の名前が書いてある。苗字は違うが、分かってしまうかもしれない。

光の顔を見て、見覚えがあるようなことを言っていた。きっとあの男はネットに公開された光の顔を見たのだ。モモの飼い主に絶対言う。『モフリー』に連絡が来るだろうか。

髪の色を戻さなければよかった。いつもの派手な色なら、あんな風に目を覗かれることもなかった。そっちの話題に集中し、適当に切り上げられたのに。

目の前の景色が歪《ゆが》んで見えた。ハアハアと自分の息の音が聞こえる。スニーカーの踵は潰れたまま、足を引き摺《ず》り、身体だけが泳ぐように前に行く。つんのめって転びそうになりながら、それでもどうしても足を止めることはできなかった。

学校の帰り、光は何処にも寄らずに電車に乗り、コーポのある駅で降りた。

改札を抜けて駅前を足早に通り過ぎる。

今日は光が食事当番だったが、源太が作ると言ってくれていた。今日ばかりでなく、ここ最近はずっと源太が食事を作ってくれている。外食も嫌で、飲みにも出たがらない光のために、美味しい料理を作ってくれるのだ。

モモの飼い主の部屋から逃げ帰った後、源太に頼んで髪の色を元のピンクに戻してもらった。いつもだったらそんなにすぐは髪が痛むからと難色を示す源太は、光の様子に何かを感じたのか、何も言わずに染め直してくれた。

アルバイトは辞めた。

早く次のアルバイト先を見つけなければと思いながら、何もせずに一週間が過ぎた。外は完全にクリスマスシーズンだ。忙しい時期に無理やり辞めてしまって申し訳ないと思うが、光から言い出さなくても、たぶん時間差で向こうからクビだと言ってきただろう。いい職場だったのにと思うが、それも仕方がない。

駅のロータリーから商店街に入ったところで、途中の店でワインを買って帰ろうかと思いついた。落ち込んでいる光を気遣ってくれる源太へのせめてものお礼だ。今はクリスマスシーズンだから、ワインもたくさんあるだろう。

「光くん」

呼び止められて振り返ると、香取が立っていた。会社が終わる時間には随分早いが、スーツを着ているから仕事帰りなのだろう。走ってきたのか、息を切らしている。

「足が速いな」

「え」

「改札の前にいたんだが、見つけたと思ったら物凄い速さで歩いていくから。追い掛けるのが大変だった」

どうやら香取は、光が出てくるのを駅で見張っていたらしい。学校がいつ終わるかなんて知らないはずで、学校帰りに何処かに寄るかも分からないのに。いったいいつから待っていたんだろう。

「その髪、便利だな」

茫然としている光の前で、やっと息が整った香取が笑った。

「どうしたんですか？　こんなところで」

「君の家が分からないから、ここで待っているしかないだろう」

「そりゃ……。だけど、なんで……？」

「『モフリー』を辞めたそうだな」

驚いている光を見下ろしていた香取の笑顔が、す、と消える。

「連絡をしたら、君が辞めたと聞いた。どうした？」

「あ、ええと、ちょっと忙しくなって」

「俺は何も聞いていない」

「すみません。でも、あの、ブランはもう僕じゃなくても大丈夫だと思うから」

「そういうことを言っているんじゃない。何があったんだと聞いているんだ」

「それは、だから忙しくなって……」

「それなら忙しい間は調整するとか、店に相談するとか、いろいろ方法があるだろう。店に聞いたら向こうも急に辞めたんだと言っていたぞ」

「でも僕は、アルバイトだから」

「アルバイトでも責任があるだろう。君はそんな無責任なことをする人間じゃないはずだ。……何かあったんだろう?」

腕を摑まれ、大きな身体が屈《かが》んでくる。

「何も」

「そんなはずはない。ブランの世話をするって約束しただろう。辞めないって言っていたじゃないか。それも反故にするのか?」

「ごめんなさい」

「……光くん、怒っているんじゃないんだ。ちゃんと理由が聞きたい」

光の腕を摑んでいる大きな手は、それでも優しい。煮えきらない光にもどかしさがあるだろうに、揺さぶることもせずに、じっと我慢をしている。

「トラブルがあったというなら、何か力になれるかもしれないから」

「トラブルなんてないです。本当、ただ単に忙しくて」

「光くん、それは……嘘だろう？」

香取が目を覗いてくる。腕の力が僅かに強まった。

「俺のせいか？」

「違います。正巳さん、手……」

見られるのは嫌だ。それなのに、香取が腕も視線も外してくれない。

「あれから仕事が立て込んで、……あんなことをした後に、連絡を絶って悪かったと思っている」

「違います。本当、正巳さんは関係なくて……。僕の勝手な事情で」

「だったらその事情が聞きたい。君が何も話さないから、憶測を巡らせるしかなくなるだろう。君はそれでいいのか？」

声は静かだが、香取は明らかに苛立《いらだ》っていた。腕にある手は離れず、切れ長の瞳が責めるように光に注がれている。

「……どうして何も言わない？　君はいつでもそうだ。なんで逃げようとする？」

逃げ道を塞ぎ、香取が真っ直ぐに光を問い詰める。

「理由があるというなら、それを言ってほしい。適当にはぐらかしたりせずに、俺がちゃんと納得できるような答えを聞かせてくれ」

目を逸らすことも許してもらえず、正直に、本当のことを話せと。

「光くん」

初めて香取の顔を真正面から見た。黒の瞳が光を見据えている。

「僕が……」

心配そうな、だけど苛立った目で、本当のことを言えと、光を責める。

どうしても知りたいのか。どんな答えを期待して聞いているのか。

「……僕が、犯罪者の息子だから」

答えを聞いて、力になりたいと、それでも言えるんだろうか。

「父が、悪質な詐欺を働いて、今服役中です。ニュースにもなりました。僕はそういう人の子どもです。前のアルバイトはそれで全部クビになりました。そんな人間にお金を任せられないって。店の客が減る、犯罪者の血縁がいる店だなんてと言われるから」

皆そうだった。何かあるんだろう、話してみろと、光に無理やり話させ、その後は掌を返すように態度を変えた。あんな思いはもうしたくなかった。だから言いたくなかったのに。

誰に知られても、香取だけには知られたくなかったのに。

「先週シッターに行った家の人が、僕を知っている人でした。見覚えがあるって言われました。報告がいったら、たぶんクビになるだろうと思って、先に辞めました。だって、そんな人間に、家の鍵を渡して、大事なペットの命なんか預けられないでしょう？」

そんな人間を雇っているのかと苦情が来る前に辞めれば、もうあの人はいませんからと、少しでも言い訳ができるだろうと思った。何よりも、事実を知ったペットショップの人たちの、光に対する態度が豹変《ひょうへん》する様を、見たくないと思ったから。

「僕がそんな人間じゃないなんて買い被りです。無責任で、都合が悪くなったら相手のことなんて考えないですぐに逃げる。嘘だってたくさん吐きます。出身とか、経歴を聞かれたら、嘘を吐いてその場を適当に凌《しの》いでいました」

そして嘘がばれると、皆やっぱりだ、人を騙すのが得意なのだと納得する。

「平気で嘘を吐きますよ。約束だって簡単に破ります。僕は……そういう人間です」

どうして皆、本当のことをそんなに知りたがるんだろう。知って何がしたいんだろう。力になりたいから、君のことが知りたいから、そう言って人の秘密を執拗《しつよう》に知りたがり、その秘密が自分の想像を超えていた時、真実を持て余し、引き寄せた手で、突き飛ばすのだ。

「理由を話しました。満足ですか？」

香取は瞬きもせず、光を見つめていた。

「正巳さんの思ったような人間じゃなくて、……すみませんでした」

頭を下げ、一歩身体を引く。腕を摑んでいた香取の手が、簡単に離れた。

……やっぱりそうだ。香取も同じだった。

当たり前だ。誰も犯罪者の息子と関わりなんか持ちたくないと思うだろう。まして香取は光の父がしたことが、どれほど酷いことなのかを知っている。

頭を上げずにそのまま踵《きびす》を返し、全速力で駆け出した。「おい」という声が後ろでしたが、振り切るようにそのまま走る。

香取の反応を見たくなかった。

何を言われても、何も言われなくても、自分が傷付くと思ったから。

心臓が限界を迎えるまで走り、それからも振り返らずに前に進んだ。早く家に帰りたい。誰もいないところに逃げ込みたい。それだけを考え、ひたすら前だけを向き、重い足を引き摺って歩いた。

逃げる寸前に見た香取の表情が、どうしても消えない。

驚いた顔で光を見ていた。軽蔑の色が浮かんでいたかは分からない。それを見つける前に逃げてきたから。最後に見たものが、自分に向けた軽蔑の目だったなんて、そんなことにならなくてよかった。

腕を摑まれた時より、手が離れた感触のほうが鮮明だった。その手で今度は突き飛ばされるんじゃないかと思った。そうされる前に、ただ逃げたかった。

滅茶苦茶に歩き、気が付いたら光の住むコーポのすぐ側まで来ていた。後ろを振り向くのがまだ怖い。いるはずがないのに、いたらどうしようと思い、いてほしいと思っている自分に気が付いた。だから振り向きたくなかった。絶対にいないことが分かっていたから。

息はまだ落ち着かない。走るのはもう無理でも、一度も止まらずに、一度も振り返らずに部屋のドアを開けた。閉まったドアが背中に当たり、そのままずるずると玄関に座り込む。

動きを止めた途端、ドッと汗が吹き出した。額から流れ落ちた汗が頬を伝い、顎の先で滴《しずく》になって、落ちた。

ドアの向こうからは何も聞こえてこない。靴の音も、自分の名を呼ぶ声もなく、当たり前だと思いながら、それでも耳を澄ましていた。

十分、二十分、どれくらいそこに座り込んでいたか分からない。息が整い、汗が引き、身体が冷えていることに気が付いて、ようやく光は立ち上がった。

のろのろとした動作でスニーカーを脱ぎ、部屋に上がる。まだ夕方前で、源太は仕事から帰ってきていない。自分の部屋に入り、汗で濡れた服を着替えた。そのままベッドの上に座り、ただぼうっとしていた。

着替えても香取の手の感触が消えない。柔らかく摑んでいた大きな手が、す、と離れていった。離してほしかったのに、離れたとたん、心細くなるぐらいに身体が軽くなり、立っていられなくなるくらいに、力が抜けた。

分厚く重い、大きな掌の感触が消えない。腕にも、頭の上にも、香取の手の感触が残っていた。

香取はあれからどうしただろうか。仕事に戻ったのだろうか。無為な時間を過ごさせてしまった。忙しい人なのに。説明しろと問い詰められた時、もっと適当な言い訳をしたらよかったのか。

だけど別のどんな言い訳をしても、頭のいい香取はすぐに光の嘘を見破っただろう。逃げようとはぐらかそうと、結局は知られることになったのだ。それなら仕方がない。そんなことは最初から分かっていた。

時限爆弾は破裂した。

共有のリビングダイニングで人の気配がし、コンコン、とドアがノックされる。

「帰ってたの？　やだ、真っ暗じゃない」

ドアの隙間から源太が顔を覗かせた。

気が付いたら夜で、明かりの点《つ》いていない部屋は真っ暗になっていた。ベッドの上で膝を抱えている光を見つけ、源太がゆっくりと笑顔になる。

「餃子作ろうと思って。材料を買ってきたの。ひー君、手伝って」

声を掛けられてベッドから下り、リビングダイニングに入っていった。テーブルの上に置かれたスーパーの袋から、源太が材料を出していた。

「明日と明後日、ひー君学校休みでしょ？　大量に作っておいて、食べたらいいよ。今日は餃子鍋にしようね。明日はシンプルに焼き餃子でしょ。あとは野菜と一緒に餡《あん》かけにするでしょ。しばらくは餃子祭りね」

材料を並べながら源太が餃子のアレンジレシピを言っている。「美味しそうだね」と相槌を打ちながら、ああ、そういえば、ワインを買おうと思っていたんだと思い出した。

「ワイン、買って帰ろうと思ってたのに……」

「あら、そうなの？」

「うん。……でも、わすれ、っ……ちゃ……」

ひき肉のパックの上にばたばたと涙が落ちる。買って帰ろうと思っていたのに、何も買わずに走ってきてしまった。

パックを握りしめたまましゃくり上げている光の隣で、源太は白菜とネギを並べ、「大丈夫よー」と、優しい声で笑った。

「大丈夫、大丈夫。ほら、今日は餃子だから」

「うん……」

「餃子にワインは合わないもん。ね」

「うん……」

頷く度にひき肉のパックに涙が落ち、ラップの上に水溜《みずたま》りができる。

「いっぱい作ろう？　ひー君、ネギ刻む？」

「うん。……源ちゃ……の餃子、好き。美味し、……から」

「ありがとう。じゃあ、今日は特別美味しいのを作っちゃう」

源太の作る餃子は美味しい。餃子一つでたくさんのアレンジレシピを作ってくれる。休日には二人で大量に作るんだと、そのことを話した時、香取は羨ましいと言っていた。

餃子が羨ましいと言ったのではないことを知っていた。あの時もわざと話をすり替えた。もうあんな風に言ってもらえない。

「海老《えび》ちゃんも入れようね。ひー君は包むの上手だもんね」

香取と餃子を作ってみたかった。あの大きな手で餃子を包む姿を見たかった。エプロンを付けて、二人で並んで分担して、きっと凄く楽しかっただろう。ブランと一緒に纏《まと》わりつかれ、邪魔だと叱ったりして、きっと光は笑いっぱなしだっただろう。

「冬はやっぱり鍋よね。鍋にビールが最高。日本酒でもいいわね。ほら、やっぱりワインはいらなかった」

「うん」

源太に教わった料理を、もっとたくさん作ってあげればよかった。ブランのクッキーを奪って食べ、甘いのが苦手と言いながらマカロンを食べていた。眉間《みけん》の皺《しわ》が凄かった。それでも美味いと言って全部食べてしまった。源太に教われば、甘くないお菓子も作ってあげられたのに。

「源ちゃん、……っ、源ちゃぁん……」

初めて会った時に凄く恰好《かっこう》よくて、アラスカン・マラミュートみたいだと思った。大きくて優しいと思った印象は間違っていなくて、次に会った時には、もう好きになっていた。冷却シートをおでこに貼ってあげた。心細そうで、それが光の顔を見たら、ホッとしたみたいに笑っていた。その顔が凄く可愛かった。

自分を正巳と呼べと言った時には、子どもが駄々を捏ねるようで面白かった。頼もしいのに可愛くて、もっと好きになった。

ドッグランで奇跡を見た。一緒に走って、香取の胸に包まれて、ブランと三人で抱き合った。手を取られて操られて、擽ったくて楽しくて、大きな声を上げて笑った。

涙と一緒に鼻水も落ちる。引き攣《つ》った唇が閉じられなくて、息を吸っても吐いても声が漏れて止まらない。

大好きだった。好きで、好きで、一緒にいるのが楽しくて仕方がなかった。ずっとあの時間が続けばいいと思った。叶わない夢は持たない。そう決めていたのに、香取と一緒にいるあの時間が夢みたいに幸せだった。

「ほらほら、準備するわよ」

ひき肉を取り上げられ、代わりにネギを渡された。

泣きながらネギを刻み、餃子のタネを包んだ。出来上がって食べている間も、いろんなことを思い出しては涙を零《こぼ》す。

水分補給だと言って源太がビールを注いでくれた。「いっぱい涙出るね」と言われ、本当だ、こんなに泣いたのは生まれて初めてだと思ったらまた泣けてきた。

泣き方も笑い方も分からなくなっていた。どっちも香取が教えてくれた。今泣いている光を見たら、香取はなんて言うだろう。

「元気でよろしい」と言ってくれた声を思い出し、光は声を上げて泣いた。

次の日、学校は休みで、源太は朝から仕事に行き、光は部屋で一人過ごした。

昨日はずっと泣いていたため顔がパンパンになっていて、光の顔を見た源太に「うわ、ブッサイク」と叫ばれてしまった。

源太は今日も早く帰ってくると言った。夜はまた別の鍋にしようと約束した。

昼は餃子を焼いて一人で食べた。明日は水餃子にしようと思う。今日、源太は何鍋にするつもりなのだろうか。

テレビも点けず、本も読まずに、一日餃子のことを考えて過ごした。

夕方になって源太からメッセージが入った。夕飯の買い物を一緒にしないかという誘いだった。今日こそはワインを買おうと思い、駅前で待ち合わせすることにした。「ブサイクは直った？」と書いてあったから、「イケメンに戻った」と返した。既読無視された。

源太は今電車に乗っていて、もう着きそうだと言っていたから、光はすぐに部屋を出た。急ぎ足で駅に向かう。クリスマス前の週末は、いつもよりも人が多いと感じた。

駅を出たすぐのところに源太が立っていた。光を見つけ、小さく手を振っている。

「急にごめんね。なんだかどうしようもなくてさあ」

前まで行くと、源太が長身を折って謝る仕草をする。

「何が？　大丈夫だよ。僕も今日はちゃんとワインを買おうと思ってたから、……っ！」

光の背後にヌッと大きな影が立ち、いきなり両肩を掴まれた。

「ワインはこの次にしよう。光くん、取りあえず行こうか。車で来たんだ」

後ろから聞こえる声は香取だ。

「や……ちょっ、源ちゃん、なんで？」

驚いて固まる光の前では、源太が困ったように笑っている。

「ひー君を連れてくるか、もしくは俺を連れて行けって頼まれてね。この人帰らないって言うし、断っても後ろをついていくからって言うんだもん。ストーカー宣言して脅してくるのよ、このおっさん」

「今日は革靴ではないからな。走っても追いつける。逃げないでくれると有難いんだが」

昨日光に振り切られた香取は、今日は満を持してのスニーカーだと言った。昨日と同じように駅前で張り込み、改札から出てきた源太を捕まえ説得し、光をここに連れてこさせたらしい。

肩に置かれた手はガッシリと光を捕まえていて、逃がさないという意思を滲ませていた。一方的に話すだけ話して逃げたのは光だが、まさか香取が再び光に会おうとするなんて思わなかったから、驚いてしまって言葉も出ない。

肩を摑まれたまま硬直している光の顔を、源太が覗いてきた。

「うん。ブサイク直ってるわね。よかった。でもひー君、イケメンは違うわよ？　ひー君は可愛い系なんだから」

ニッコリ笑ってそう言った後、身体を起こした源太は光の後ろにいる香取に向かい、「俺の親友をこれ以上ブサイクにすんじゃねえぞ」と、野太い声で威嚇《いかく》した。

問答無用で香取の車の助手席に乗せられていた。「飛び降りるなよ」と念を押されたが、もちろんそこまでするつもりはない。

香取は昨日、光に脱兎《だっと》のごとく逃げられてしまったのがかなりショックだったようで、しきりにその理由を革靴のせいにしていた。

ちゃんと走れるようにとスニーカーを履き、シャツにジーンズは動きやすさ重視で、流石にジャージ姿で駅前に張り込むのは躊躇《ちゅうちょ》したんだと言って笑っている。

昨日、香取は光を追い掛けてくれたのだ。逃げていった光を追い、何を言おうとしたのかは分からない。だけど今日も光に会おうと、光の住む駅まで来てくれた。

香取の行動の意味を考える。期待している自分と、期待し過ぎるなと諌める自分がいた。落ち着かない気持ちのまま座っている光の隣で、香取は普段と変わらない表情で運転をしていた。いつもは後部座席にいるブランの姿はなかった。マンションで留守番をしているのだろうか。

「ブランは……どうしてますか？」

「ああ。元気がないんだ」

「え……」

顔を上げ、隣にいる香取を見た。香取は前を向いたまま、その横顔は冗談を言っている風でもなかったから心配になった。

「大丈夫なんですか？」

「どうだろう。光くんの顔を見たら元気になると思うんだが。ブランは繊細だからな。ほんの少しの変化も敏感に察知する。俺が悪い」

ブランの不調に責任を感じているようで、僅かに眉を寄せながら香取が言った。

「君にキスをして逃げられてから、だいぶ落ち込んでいたからな、それが伝染したんだろうと思う」

香取の口調はいたって真面目で、光をからかおうという意図は感じられない。

「昨日も一生懸命慰めようとしてくれて、俺にウサギさんを貸してくれた。ブランにまで心配を掛けてしまった。……情けないな」

焦っていないつもりだったと、香取が言った。

「ゆっくり行けばいいと思っていた。ブランは君に懐いていたし、君も楽しそうだった。何か、俺に対しては警戒している節《ふし》はあると思ったが。まあ、その辺はしょっちゅう会っていれば、そのうち縮まっていくだろうと楽観視していた」

ブランを引き取った時と同じように、香取は時間を掛け、光が心を開くのを待とうと思ったと。

「だが、君はなかなか手強くて、ブランにはあんなに心を許すのに、俺が相手になると、途端に張りつめる。年が上過ぎるから、気後れしているのかとも思ったが、それとも少し違う。それに、時々油断するみたいで、そういう時はなんというか……、とても可愛らしい。その差はなんだろうと、不思議に思った」

ゲイナイトでのやり取り、看病をしてもらった夜、ブランと一緒に過ごしている時、徐々に親しくなっていく間にも、光は緊張と緩和を繰り返す。柔らかく解けたと思った次の瞬間、突然強張る。何がトリガーとなり、光を萎縮させるのか。

「……何かを隠しているんだろうとは思っていた。背負っているものが大きいのか、潰されそうになりながら、必死に耐えているように見えた。知られたくないんなら仕方がない。だけど持ち物が重いなら、片手でも、両手でも貸してやれないかと、そんな風に思っていた。いつか、もっと俺を信頼してくれたら、教えてくれるかもしれないし、な」

香取は光が重大な秘密を抱えていることに気付いていたのだ。距離を詰め、観察し、探りながら、その探られる行為こそが恐怖なのだということを知り、知らないまま支えようと思ったのだという。

「それで、とにかく一緒にいられる時間を作ることにした。ブランのことは掛け値なしに可愛がっていたし、……まあ、俺がただ、君に会いたかった」

運転席の香取が仄かに笑う。

「多少強引な手を使ったが、お蔭で君は俺にもその……懐いてくれた」

ブランと遊びながら大声で笑い、警戒が解け、香取に対してもどんどん柔らかい表情を見せるようになり、とても嬉しかったのだと。

「ところが、……やっちまった。うたた寝していて起きたら、いきなり君の顔があって、笑っていた。それで、思わず引き寄せてしまった。キスして、舞い上がって、……焦って、責めるようなことを言ってしまった」

本能的に行動してしまい、その後の光の怯えた様子に心底後悔したのだと。謝っても宥めても、光は動揺したままで、どうやって挽回《ばんかい》しようかと頭を悩ませ、同時に迂闊《うかつ》な行動を取って光に嫌われたのではないかと、落ち込んでしまったのだ。

「何度も連絡を取ろうとして、なかなかできなかった。また迂闊なことをしでかすんじゃないかってね。自信がなかった」

口の端を僅かに上げ、香取が自虐的な笑みを浮かべる。

「三十五にもなって情けない」

十四も年上の、仕事もできて、些細《ささい》なことでは動じそうもない香取が、光に仕掛けた行為を後悔し、落ち込み、怖かったという。

「年もだいぶ違うしな。俺は君に相応《ふさわ》しくない。諦めたほうがいいのかもしれないと思った」

恐怖を持っていたのは光ばかりではなかった。香取に惹《ひ》かれながら、自分なんか釣り合わないと、怖気《おじけ》づいて逃げ腰になっている光の隣で、まるで気にしていない風を装いながら、香取もずっと怖がっていたのか。

駅前の道から大きな道路を走っていた車は、いつしか住宅街に入っていた。右折、左折を繰り返し、やがて見覚えのある建物が見えてきた。

地下にある駐車場に車が入っていく。緩やかなスロープを下り、車が停まった。

エンジンを切った香取がこちらを向いた。穏やかな表情は以前と変わらず、光の素性を知った今でも優しいままだ。

この表情が変わってしまうのが怖くて昨日は逃げた。だけど香取は光を追い掛けてくれた。今日も光に会おうと、あの駅で待っててくれていた。

「昨日は、無理やり言わせて悪かった」

目の色は変わらず、そこには蔑みも憐《あわ》れみもなく、声も温かい。

「君が何に怯えていたのか、その理由が分かった。光くんは西藤に、俺の家族の話を……コロを手放した経緯を聞いていたんだな」

ビクク、と身体が震えた。カタカタと膝が揺れる。握りしめた拳に爪が食い込み、震える身体を抑えようと、唇を噛《か》んだ。

「光くん」

白くなるほど握りしめた拳の上に、香取の手が乗せられた。大きな手が光を包み、静かにゆっくりと握ってくる。

「俺が子どもの頃、両親がやっていた事業が失敗した。ある企業に騙されたということが大きかった」

静かな声で、香取が自分の過去のことを語り始めた。拳の上にある手は動かず、香取の体温が伝わってくる。

「子どもながらに傷付いた。コロを手放した時は、とても悲しかった。酷いことだと思った。

それは認める。今後そういう目に遭いたくないと思ったし、だから俺は、同じような目に遭う人を減らしたい、手助けをしたいと、そう思って、ここまで努力してきたつもりだ」

知っている。西藤が言っていたし、部屋にあったたくさんの本を見ても、普段の香取を見ていても分かる。仕事に打ち込み、あちこち飛び回っているのも知っている。だから光がブランのシッターとして派遣されてきたのだ。

「理不尽だと思ったし、辛いことも確かにあった。だけど今は、あの経験があったから、今の俺がいるって、そう思えるぐらいには、過去のことになっているんだよ」

穏やかな優しい声で、「俺は誰も恨んではいない」と、香取が言った。

「本当になんとも思っていない。そりゃ、子どもの頃のことを忘れたわけじゃあないが、引き摺っていない。むしろ一つの経験として、乗り越えたんだっていう、俺の財産だと思っている。だから君の話を聞いて、俺が思ったのは、……君もきつい思いをしたんだなって。一人でそんな重い荷物を背負って耐えていたんだなって、そう思った」

下を向いている光の頭の上に手が置かれた。壊れ物を扱うように、そっと撫でられる。

「この髪の色は、君の精一杯の防具だったんだな」

手の重みと、労るような声に、我慢が限界を超え、パタパタと涙が落ちた。光の拳を包んでいる香取の手の上に落ち、濡れていく。

「急にあのペットショップを辞めたと聞いて、絶対何かあったんだと思った。そうしたら、居ても立ってもいられなくなった。ちゃんと会って、話を聞かないことにはどうにもならない。諦めようと思ったが、……諦めきれなかった」

心配で仕方がなかったと、香取が言う。

「あの駅で君を待っていて、やっと見つけたと思ったら、君はまたはぐらかそうとして逃げる素振りを見せるから、ついそこでも焦ってしまった。……追い詰めるようなやり方をして、済まなかった」

しゃくり上げながら、光は首を横に振った。どうせ分かってもらえないと諦め、投げ出していたのは光だ。知ってしまえば香取も離れていくのだからと、やけくそのような言い方をしてそのまま逃げた。結局光は自分だけが傷付きたくなかったのだ。

「光くんの話を聞いても、俺は何も変わらないよ。君のことを教えてもらって、何が怖かったのか、何を知られたくなかったのか、その理由が分かって、俺はよかったと思っている。それを言いたくて、今日もあの駅で君のことを待っていた」

泣き止まない子どもをあやすように、柔らかな声でそう言って、香取が見つめてきた。

「君が体験した苦労は計り知れないと思う。逃げ出したくなる気持ちも分かっているつもりだ。光くん、そういう時の逃げ場所に、俺を選んでくれないか？」

大きな掌が光を包んでいる。壊れてしまうのを怖がるように、それでもどうしても触れていたいのだと、優しく撫で続ける。

「辛かったり、嫌なことがあったりした時は、俺のところに逃げてくればいい。話も愚痴も、弱音も聞いてやれるぞ。君よりだいぶ年を食っている分、多少の知恵もついている。理不尽な目に遭ったら、対処法も教えられると思う」

逃げていい、ただし自分のところに逃げてこいと、光の頭を撫でながら、香取が力強く説得する。力になりたい、自分を選んでくれと、必死に訴えてくるのだ。

「なんで……」

声が途切れ、最後まで言えない。香取にそこまで言ってもらえるほど、自分に価値があるとは思えない。子どもで臆病で、嘘吐きで、狡《ずる》くて、いいところなんか何もないのに。

明確な言葉にならない光の問いに、香取の顔が柔和になる。分からないのか？　と逆に問うような顔をして、香取が微笑んだ。

「……あのクラブで君と会った時、初めはただの子どもだと思った。見た目は派手だし、生意気にカード交換なんかしてきて、粋がって遊びたいのかと思った」

二人が初めて会った夜のことを、香取が話し始めた。

「それが、話してみたら少し違う。見た目と随分ギャップのある子だなと思った」

「それは、正巳さんも同じです」

そうか？　と香取が不思議そうな顔をした。光が感じたと同じように、香取も光の外見と中身の違いに気が付いた。そして興味を持ったのだ。

「人をちゃんと見ているし、さり気なく気遣いもする。俺が時間を気にしているのに気付いて、嘘を言って俺を帰しただろう？」

知っていたのかと顔を上げると、香取が笑って頷いた。

「あの時は確かにブランが気になっていて、早く引き上げたかった。君にああ言われて言葉に甘えてしまったが、帰ってから後悔した」

気にはなったが、出会った場所が場所なだけに、そこまで深くも考えなかった。光も軽い気持ちで遊びに来たんだろうと思っていた。年もだいぶ違うし、共通点と言えるものも何もない。結局は縁がなかったんだろうと諦めたのだと。

「ちょうどあの頃はブランにいいシッターが見つかって、仕事を忙しくしていたから、恋なんかしている暇もないと思っていた。それに、俺が気になっている人は別にいたしね」

そう言って笑う顔は屈託なく、香取が悪戯な目をして覗いてきた。

「ブランをあんな短期間で手懐けた、『江口』という人は、どんな人かと思っていた」

みるみる安定していくブランを見ていて、ずっと会ってみたいと思っていた。なかなか機会が訪れないということが、逆に期待を大きくしていった。日誌に書かれてある文章も好ましく、それを交換するのも楽しかった。

「もちろん、日誌の交換だけで相手に恋をするほど俺も初心《うぶ》じゃない。ただ、会ったことのないその『江口』という人と、ブランを介してずっと共同作業をしているような感じがして、それが楽しかったんだ。西藤にはからかわれたがな」

香取があの頃のことを光に聞かせてくれる。低く、温和な声に光の心も解れていく。香取といるといつもそうだ。緊張していた身体の力がいつの間にか抜け、光は自然に笑えるようになる。

「仕事先から予定を切り上げてきた夜、部屋に帰ったら君がいた。俺の世話をやいてくれて、一晩中看病をしてくれた。朦朧としながら、ゲイナイトで出会った君と、ブランのシッターの君が重なった。気になっていた二人が一人になって、俺の目の前に現れた」

奇跡のようだったと言って、香取が笑う。

いつか、香取の話を遮って、無理やり話題を変えたことがある。その話の続きを、香取が話そうとしている。

「夜中に目を覚ました時、あれは幻《まぼろし》だったのかと君を探した。……そうしたら、目の前に君の顔があった」

怖くて遮ったその先の言葉を、香取が今、言おうとしている。

「光くん」

香取が光を呼んだ。言葉の続きを待って、目の前にいる人の瞳を見つめた。

「……あの時、俺は君に恋をしたんだよ」

低く、柔らかな声が光の耳に届いてくる。

「光くんが何者だろうと関係ない。優しい部分も、ブランのことに関してはちゃんと芯《しん》を通そうとするところも、臆病で弱い部分も、全部ひっくるめて、そういう光くんに俺は惹かれた」

切れ長の瞳が光を捉え、拳を包んでいた手に力が籠る。

「君の力になりたい。君が辛いと思うことを、一人で我慢してほしくないと思う。そういう時に真っ先に俺のところに来てほしいと思う」

十四も年上の、望めばなんでも自分の力で手に入れることのできる香取が、懸命に言葉を紡ぎ、光に訴えてくる。

「君のことがとても好きだ。光くん、俺を選んでくれないか」


香取と一緒に部屋に向かうエレベーターに乗っていた。

「ブランもきっと喜ぶよ」

口調はいつもと変わらず、点滅する数字板を悠々と見上げている。

香取は自分の気持ちを告白した上で、光に返事を急がなくてもいいと言った。

今まで通りブランに会いに部屋に来てほしい。以前と同じように部屋で過ごし、散歩に行き、休日にはブランを連れて出かけよう。そうやって一緒に過ごしながら、光の気持ちが落ち着くまで待つという。

大人の香取は何処までも寛容で、光の気持ちを優先しようとしてくれる。

玄関のドアを開けると、お気に入りのウサギを口に咥えたブランが待っていた。傷心の香取を慰めるために、ブランは香取の出迎えをウサギと一緒にしようとしたらしい。

「こんばんは。ブラン。元気だった？」

香取と一緒に入ってきた光を見たブランは、目をまん丸にし、咥えていたウサギをボト、と落とした。そのまま廊下いっぱいになってグルグルと回る。大切なウサギは跳ね回るブランに踏まれ、蹴《け》り飛ばされ、あちこちに飛んでいく。

「ブラン、大事なウサギさんが可哀想なことになってるよ」

ブランの喜ぶ様子に、光も心からの笑顔になった。そんな光を見つめる香取も、とても嬉しそうだ。

リビングに入り、香取が光のために緑茶の用意をした。焦らないと言った香取の態度は、その言葉通り以前とまったく変わらず、光だけがソワソワと落ち着かない気持ちでいる。

光の父のことを知っても香取は変わらないと言い、自分を選んでくれと言ってくれた。香取の情熱的な告白にぼうっとしてしまい、気が付いたら部屋に連れてこられてしまったのだ。

香取の言葉を嬉しいと思い、自分の気持ちを素直に伝えたいと思うのに、どんな言葉を使い、どのような態度で示せばいいのか分からない。告白をされたこともなければ、人をこんなに好きになったこともない。

言いたい。言って香取を喜ばせたい。だけど何をどう言えば香取が一番喜ぶかと考えてしまい、ますます緊張してしまう。そして香取はそんな光の緊張を困惑と捉え、いつまでも返事を待つという大人の対応で、自分の告白を完結させてしまった。

いっそあの場で僕も好きですと叫んでしまえばよかったのかと思っても、今となってはもう遅かった。香取は完全に平常心に戻り、光のためにお茶を淹《い》れている。

バウ、と足元で声がして、光の膝の上にブランが前足を乗せてきた。励ましてくれているようなブランに、ようやく光も笑顔が戻った。ここにも優しい子がいる。

「そうだよね。焦らないでいいんだよね」

そうだ。家に帰ったら源太に相談しよう。今頃心配しているに違いない。今日のことを報告し、いろいろと教えてもらえばいいと思った。上手い告白の仕方とか。例えば空気の作り方とか。頼れる者は源太しかいない。

突破口を見つけてホッとしていると、タイミングよく源太からメッセージが入った。やっぱり心配していたんだと、微笑みながら画面を開く。

キラキラしたスタンプと共に、『頑張って』の文字が目に飛び込んできた。

何を頑張るのか、すでに今心情的には精一杯頑張っている。返事を送ろうとしたら続けてピコンと向こうからメッセージが入ってきた。

『今日の鍋は中止。そっちで食べてくるように』

一方的にそんなことを言ってくる。そんな、こっちでと勝手に言われても……と、画面を見ながら困っていると、次々とメッセージが送られてきた。

『今日は帰ってこないでね』

「……え？」

『チェーン掛けとくから』

『優しくしてもらいなさいね』

『凸凹《でこぼこ》』

画面の上でハートマークが飛び散った。

「どうした？」

緑茶を運んできた香取に聞かれ、慌てて画面を閉じた。せっかく気を持ち直したのに、退路を断たれてしまったような気分になり、また緊張してしまった。

「飲まないのか？」

「え、いえ。いただきます……」

勧められて湯呑《ゆの》みを手にした。向かいに座って香取も自分が淹れた茶を飲んでいる。落ち着いた風情はさっきの告白が嘘のようだ。

「そうだ。明日は久し振りにドッグランに行こうか」

「あ、……はい」

迷いながらの光の返事に香取が歯を見せて笑い、嬉しそうに頷いた。

「よかったな、ブラン。楽しみだな」

声も仕草も言葉の通り、香取は本当によかったと思っていて、本気で楽しみにしている。

出会った時からこの人はずっとこうだったと、光の向かい側に座り、無邪気に喜んでいる大きな男の人を眺めた。

口に出す言葉は決して内面を裏切らず、光に対する態度も一貫している。自分に後ろめたいことがあり、それを知られるのを警戒し、ジリジリと後ろに下がっていく光に、香取はいつも胸を開いてくれていた。

自分が傷付いたのに、光を傷付けてしまったと後悔し、そんな自分の弱さすら晒して見せ、二度とそんなことはしないからと、今もこうして光を安心させようとしている。

人間臭くて、豊かな人なんだと思ったら、目の前にいる人がもっと好きになった。

「今日は鍋の予定だったんだって?」

明日のことをブランと喜んでいた香取が、笑顔のまま今日の夕食の献立のことを言ってきた。光を呼び出している間、源太に話を聞いていたらしい。もっとも、その源太に夕飯はそっちで食べてこい、そして帰ってくるなと今言われたばかりなのだが。

「うちも鍋なんだ」

「あ、そうだったんですか」

気もそぞろに相槌を打っていると、香取が立ち上がった。もう一度キッチンに向かい、車から降りる時に一緒に持ってきた袋を開けている。

「豚肉のみぞれ鍋だそうだ。豚肉と白菜と大根が入っている」

「あ、それ、うちでもよくやります」

今日の献立を他人事《ひとごと》のように言うのが可笑しくて、笑いながら光もそう答えた。

「うん。だから光くんに作ってもらえと言われて、材料を持たされた」

「え?」

カウンター越しに香取が袋を掲げて見せる。それは源太がよく買い物をするスーパーの袋だった。源太のメッセージにあった『そっちで食べるように』とは、こういうことだったのか。

唖然《あぜん》としている光を、スーパーの袋を掲げたままの香取が笑って見ている。「源ちゃんは男前だな」と言いながら、袋に入った大根を調理台に置いた。

「で、みぞれというからにはこれをおろすのか。一本全部おろしていいのか?」

香取の声に、光もキッチンに入っていった。

「半分でいいです」

「そうか。なあ、鍋の素が入っていないぞ。味付けはどうすればいいんだ?」

「鍋の素とか使わなくても普通の調味料でできますよ。野菜と豚肉から出汁が出るから」

「え、そうなのか?」

普段自宅で鍋料理などしない香取が、素っ頓狂《すとんきょう》な声を上げた。

光に主導権を任せた香取が手伝うと言い張るから野菜を洗わせた。ブランもやってきて、たちまちキッチンが騒がしくなる。「今日は忘れないうちに」と香取がエプロンを出してきて、光に貸してくれた。

香取とブランに邪魔されながら鍋の準備をしているうちに、部屋に来た時の緊張はすっかり解れ、車で涙を零したことも、昨日源太の前で大泣きしたことも、遠い昔の思い出のようになり、気が付けば光は香取と並び、笑いながら夕食の準備をしているのだった。


二人で作った鍋を、香取は豪快な勢いで食べた。「美味い、美味い」と絶賛するのはいつものことで、「光くんが作った」と、手作りに拘《こだわ》るのも変わらない。

「野菜も肉も水から煮るのは知らなかった」

「そのほうが肉の旨味《うまみ》が出て、野菜がその旨味を吸ってくれるんですよ」

「そうか。そういうもんなのか。へえ。凄く美味い」

源太からの受け売りだが、香取がしきりに感心している。

ビールを一本ずつ飲み、鍋の仕上げに雑炊を作った。溶き卵に黒胡椒《くろこしょう》の雑炊を、香取は大喜びして全部食べてくれた。

後片付けも二人でした。香取が食器を洗い、光が受け取って拭く。この頃になると二人とも口数が減っていたが、満ち足りた空気が流れていた。温かい鍋で身体も温まり、お腹もいっぱいだ。

ブランはいつものように二人の間を忙しく行き来していたが、今はソファの前のラグで丸くなり、うたた寝をしていた。前足にはウサギさんがしっかりと挟まっていて、その上に顎を乗せ、目を瞑っている。

「明日は、昼過ぎにまたあの駅のロータリーに迎えに行こうか」

香取が明日のドッグランへ行く予定について相談してきた。香取の車に乗り、ブランを連れてあの大きな公園に行き、思いっきり遊ぶ。

香取の提案に光ももちろん異存はなく、久し振りのドッグランは楽しみだった。ブランも喜ぶだろう。

「はい。でも、あの……」

だけどその前に一つ問題があった。迎えに行くと言うからには、光は明日自分の部屋から駅に向かうわけで、だけど源太には帰ってくるなと言われている。

「ん？　どうした？　時間か？　もっと遅い時間がいいか？　逆に早くでも構わないよ」

「え、いいえ。それで大丈夫です」

「そうか」

あれは源太なりの応援であり、本気でチェーンを掛けているわけでもないと思う。光が帰ってくれれば話を聞いてくれ、たぶん一緒に喜んでくれ、相談を持ち掛ければ、茶化しながらもちゃんと乗ってくれると思う。

焦らなくてもいいと、香取も言ってくれた。

だけど、本当にそれでいいのかと、さっきから光は考えていた。

駐車場で告白をされた後、いや、その前からも、香取は自分の気持ちを真っ直ぐ伝えてくれていた。そして光はそんな香取に対し、未《いま》だに何の言葉も返していない。

前にこの部屋でキスをされた後も、ぎこちない受け答えをしてしまい、香取に謝られた。経験がなく、いくら慌てていたとはいえ、あの態度では拒絶されたと思われても仕方ないと思う。現に香取からの連絡がなくなった。今こうして二人でいられるのは、香取が光のことを諦めないでいてくれ、光を理解しようと努力してくれ、光を追い掛けてくれたからだ。

怖かったと香取は言った。

昨日だって光に逃げられて、ブランに心配されるほど落ち込んでしまったと言っていた。

そんな香取に自分はどんなことができ、何をしたら喜んでもらえるのだろうか。

「光くん。どうした？」

ふきんを持ったまま考え込んでいる光を、香取が覗いてきた。慌てて「何も」と首を振って、濡れた皿を拭く作業に戻る。

源太は帰ってくるな、頑張れと、エールを送ってきた。どんな風に頑張ったらいいんだろうか。

隣に立っている香取を見上げると、「ん?」と視線を返してくる。

このままでいいのか、頑張ってみようか、と意識した途端、ギクシャクしてしまうのが情けなかった。

「駅まで送っていくから」

そんな光の様子にまた先回りしたように香取が言う。

「心配するな。いきなり襲いかかったりはしないから」

察しがいいのもこういう時に困るものだ。大人の余裕過ぎて腹立たしくすら思う。

「ビールを飲んでしまったからな。車で送ってやれなくて、悪い」

「いえ、大丈夫です。ちゃんと帰れるし、ここは駅から近いから」

「ああ。でも駅までは送っていく。送りたいし、少しでも一緒にいたいだろう?」

爽《さわ》やかな笑顔でしれっと言う。

何をどう取り繕ってもこの人には敵わないのだと、覚悟を決めた。

「ブランは今寝ているか。どうしようかな。ついでに散歩に連れて行こうかと思ったんだが」

ラグの上で寝ているブランをカウンター越しに眺めている大きな背中に、そっと近づいた。

「光くん、ブランが起きるまでもう少しここで……」

振り返ろうとする香取の背中にくっつき、伸ばした腕をお腹のところで交差させた。

「光くん……?」

心臓が破裂しそうにバクバクと音を立てていた。たぶん香取にも伝わっている。とても恥ずかしいが、交差させた腕に力を籠め、ギュッと抱き締めた。

香取の背中は分厚くて、光よりも硬い感じがした。お腹は出ていないと、心の中で源太に報告する。香取は光に抱き付かれたまま動かない。驚いているのか、喜んでいるのか、声も出さないし、顔も見えないから分からない。

「正巳さんが……好きです」

背中に顔を押しつけて、精一杯告白した。気の利いた言葉は何も浮かばず、結局これしか言えなかった。

光の言葉を聞いた香取の背中が僅かに硬直した。

「最初に会った時から恰好よくて、初めは少し怖い人なのかなって思ったけど、話したらそうじゃなくて、とても優しくて。僕もあの日、正巳さんと……、本当はもう少し一緒にいたいな、って、あの日で別れたのを残念に思っていました」

背中に顔をつけたまま、思いついたことをつらつらと話す。言葉を飾ることを諦め、伝えたいことを、伝えたいまま、言葉にした。

「ブランの飼い主さんのこと、交換日誌を通して、僕も面白い人だな、どんな人なのかなって想像していました。字が汚くて、部屋が散らかっていて、だけどブランは可愛がってもらえている風で、日誌を読みながら、ゲイナイトで会った正巳さんのことを思い出したこともありました」

「そうなのか」

「はい。二人が同一人物だって分かったら、可笑しいんだけど、凄く納得した。それから散歩とかドッグランとか、一緒にブランと遊ぶようになって、正巳さんはいつもブランにも僕にも優しくて、面白くて楽しくて、……可愛くて」

光を背中に付けた香取が、フッと息を吐く。

頼もしくて優しくて面白くて、とても可愛い。会うのが楽しみで、別れてからも香取とのやり取りを思い出し、光はずっと笑っていた。考えるのは香取のことばかりで、こんな時間がずっと続けばいいと思った。

「正巳さんに嫌われるのが怖くて、ずっといろいろなことを隠して、はぐらかしていました。親しくなっても、好きになっても、どうせいつか嫌われるからって、諦めていました。それが、……なんで正巳さんが僕のことをあんな風に言ってくれたのか、今でも分かりません」

「それは、伝えたはずだよ」

抱き締めている光の手の上に、香取の大きな掌が重ねられた。

「それなら分かるようになるまで、何度でも言い続ければいいか」

低い声が香取のお腹に響き、光の掌に伝わってくる。

自分の気持ちもちゃんと伝えられているだろうか。香取に愛されて、こんな風に大切にされて、どれだけ自分が幸せと思っているのか。光も同じくらい香取のことが好きなのだということが、伝わっているだろうか。

「正巳さんが好き」

「うん」

「凄く好き」

同じ言葉を馬鹿みたいに何度も繰り返す。拙《つたな》くても、香取に一番伝えたい言葉だ。

光を包んでいた香取の手が動き、手首を摑まれた。ゆっくりと引かれ、香取が振り返る。見下ろされ、一瞬上げた顔を俯けてしまう。背中越しには言えても、やはり真正面からの告白は恥ずかしくて、香取の目が見られない。

ふわ、と頭に掌が当たる。柔らかく撫でられて、上向かされる。

恐る恐る顔を上げると、香取が笑っていた。嬉しそうな顔を見つけ、ああ、喜んでもらえたと、光も笑顔になった。

大きな身体が下りてくる。あ、キスをされる、と身構えたら、待っていたそれは場所が逸れ、こめかみに当たった。キスともいえないくらいの微《かす》かな感触。ここでも香取は光の一瞬の強張りを察知し、光を思いやる。

唇はすぐに離れ、それを追うように視線を上げた。笑みの形を作った唇から、白い歯が覗いている。

「ありがとう。嬉しいよ」

光の告白に香取が礼を言う。言葉通りの声色に、もっと喜んでもらいたいと思った。

高いところに行ってしまった唇を追い掛け、今度は香取の太い首に腕を回して引き寄せた。背伸びをし、自分から唇を押しつける。無防備なまま光のキスを受けた香取は驚いたように目を見張った。

顔を倒して横から合わさる。僅かに開いた隙間に舌を滑り込ませ、チロチロと動かしてみせた。香取がまだ驚いている。

一瞬恐怖を感じても、嫌なのではないと、唇と舌で訴えた。

一旦離し、もう一度押しつける。香取の腕が光の腰に回された。引き寄せられる力に従い、首に回した自分の腕にも力を入れた。

「ん……」

深く合わさり、強く吸われた。いつかと同じ、柔らかく熱い中に引き入れられる。光のぎこちない誘いに香取が応えてくれる。嬉しいと思った。身体が浮く感覚がする。引き上げられて、本当に浮いているのかもしれない。

閉じていた目をそっと開けると、目の前に大好きな人の顔があった。

香取も目を開け、至近距離で視線がぶつかった。唇を重ねたまま、香取が目を細め、ふ、と息が漏れる。

やがて合わさっていた唇が離れ、代わりに大きな胸に抱き込まれた。

「あの……」

「ん？」

香取が光の髪を撫でてくれる。広い胸におでこを付け、シャツをギュッと握った。

「あの、明日のドッグラン……一緒に、……ここから、行きたい、です」

光の頭を撫でていた掌の動きがピタリと止まった。心臓の音は一向に静まらず、顔が熱い。

香取のシャツがクシャクシャになるまで握りしめ、勇気を奮う。

「……泊まりたい。泊まっても、いいですか……？」

香取は光を抱き締めたまま動かない。

胸に埋めたままの光の顔は、たぶん首筋まで髪の毛と同じ色に染まっていると思った。


リビングのソファの上で光は体育座りをしていた。香取に借りたパジャマは大きくて、手の甲が半分隠れている。ズボンの裾《すそ》は折らないと引き摺るほどだ。

香取は今シャワーを浴びている。ブランはあれから目を覚ましたが、結局散歩には行かず、今は光のいるソファの下で遊んでいた。

光が香取のパジャマを着、香取の使っているボディーソープの匂いをさせているのが不思議なようで、時々顔を上げてはクンクンと鼻を蠢《うごめ》かして匂いを確認されるのが恥ずかしい。

ソファの上でドキドキしながら待っていると、風呂から上がった香取がリビングに戻ってきた。洗いざらしの髪が額に下りていて、いつもと感じが違った。

ソファの上で膝を抱えている光を見て、香取が目を細めた。ラグの上にいたブランが香取の側に行き、クンクンと匂いを嗅ぎ、光を振り返る。同じ匂いだね、と言っている。

苦笑している光を見て、ブランの頭を撫でていた香取が「どうした？」と聞いてきた。

「さっきから僕が正巳さんと同じ匂いがするって、ブランが不思議がっていて。なんか……」

光の言葉を聞いて香取が笑った。その顔が少し困っているように見えて、香取も照れているのかなと思ったら、緊張が和らいだ。

ブランを連れた香取が近づいてくる。「行こうか」と言われて、素直に立ち上がった。

寝室に向かう香取の手を自分から取った。香取が笑い、二人で手を繋《つな》いでベッドに行く。ブランも一緒についてきた。

ベッドの前で香取が立ち止った。手を繋いだまま、光を見下ろしてくる。繋いでいないほうの手で髪を撫でられた。頬を持たれ、光は目を瞑った。

唇が当たる。指で顎を引かれ、口を開けさせられた。香取が顔を倒し、大きく合わさってくる。

「ん……」

初めから深く奪われた。舌を搦め捕られて強く吸われた。クチクチと水音が立つ。

「ふ、……ぁ」

奪われるまま身を任せていると、香取の唇が静かに離れた。追い掛けるようにして目を開けたら、光を見つめている香取と目が合った。光の反応を確かめている。

「……無理しなくていいからな」

香取の目が細められ、もう一度髪を撫でられた。

無理をしていないと分かってもらうために、自分から押しつけていった。光の拙い誘いに香取が応える。差し入れた舌を引き入れられ、吸われ、舌同士を搦め合った。

激しくキスを交わしながら、香取に誘導されベッドに横たわる。仰向《あおむ》けに押し倒された上に、香取の顔があった。

「あの……」

「なんだ?」

「無理してないし、嫌じゃないですから、……止めないでください」

光の反応を見て、香取はすぐに手を緩める。大人の気遣いでそうしてくれるのだろうけど、身体がビクついたり、強張ったりするのは決して拒絶ではないのだと教えたかった。

「前のキスの時も、嫌だったんじゃないんです。その……初めてだったから、どうしていいか分からなくて、変な風になっちゃって」

香取が光をじっと見ている。

「怖かったのも少しあったけど、でもそれはそういうんじゃなくて……」

「光くん」

「はい」

「あの時のキスが初めてだったのか？」

真剣な眼差しに目が泳ぐが、ここで見栄《みえ》を張ってもどうせ分かってしまうことなので、正直に頷いた。

光を見下ろしたまま香取が動かなくなった。不安になって上にいる人に視線を戻すと、香取は信じられないといった顔をしたまま、光を凝視《ぎょうし》していた。

「初めて？　本当に？」

何度も聞かないでほしい。

「……はい。すみません」

「いや、謝ることはないんだが。……そうか。そりゃ、……ああ、そうなのか」

ああ、それは、うん、そうか……と、光の上にいる香取が一人で納得している。

「どうりで……、経験豊富じゃないとは少し……思ったんだが。まさか、そうか……」

独り言を繰り返す香取の顔が、どんどん笑顔になっていった。

「正巳さん、笑わないでください」

未経験だということは決して自慢できることではないので、抗議するように低い声を出してみるが、香取は笑顔を引っ込めないまま「悪い」と謝る。

「出会った場所があそこだったからな。ああいうところで遊んでいるにしては、すれている感じがしないとは思っていたんだ。しかし……」

ゲイナイトで自分たちにカードを渡してきた。話してみればそれほど遊んでいる風にも見えなかったが、まったくの未経験だとも思わなかったと、笑顔のままの香取が言った。

「源ちゃんと西藤を取り持つような真似もしていただろう。あの場所での暗黙のルールも心得ているようだったし。ゲイナイトの参加も初めてじゃないような口振りだったろう？」

「それは、源ちゃんが。僕はゲイナイトに参加したのはあの時が初めてです」

「そうだったのか」

「はい。でも雰囲気は知っていたし、話もよく聞いていたんで。前のアルバイト先もパーティとかよくしていて、ああいう感じだったし」

「ああいう感じ？　前のアルバイト先が？」

光の上に乗ったままの香取が首を傾《かし》げた。

「ゲイバーで働いていました。源ちゃんともそこで知り合って、それで一緒に住もうって誘われて」

光の話を聞いた香取が、首を傾げた状態でまた止まる。何か考え込んでいるような様子に不安になり、「あの……」と呼び掛けたら、香取がふ、と息を吐いた。

「君は本当に……面白い子だな」

次々と飛び出す光の新しい事実に香取はいちいち驚き、そう言って面白がり、笑った。

「そのバイト先についてはいろいろと聞きたいことがあるが、今は保留にしておこう」

笑ったままの唇が下りてくる。

「また追々俺に聞かせてくれ。君のことが知りたい」

「……ん」

唇を重ねたまま、香取が声を出す。少しずつでいいから、光のことを教えてほしいと、切願するように、唇が動いた。

キスを交わしながら、香取の手がゆっくりと動く。髪を撫で、頬を滑り、首筋に這《は》っていった。何もかもが初めてだと聞かされてから、香取の動きがいっそう優しくなった。

パジャマのボタンを外され、撫でるようにして開かれる。胸の粒に指先が触れ、ヒクン、と身体が跳ねた。僅かな刺激に過敏に反応してしまったことが恥ずかしく、唇を噛んで我慢し、だけど嫌じゃないと伝えようと、香取の首に回した腕に力を籠めた。

首筋に唇が当たる。受け入れるように顎を上げたら、さわさわと撫でられ軽く吸われた。

「ん……、ん……」

くすぐったさと喉の奥が疼《うず》くような感覚に眉が寄る。首筋から鎖骨へと唇が滑っていき、さっき指先が触れた敏感な場所に、それが当たった。

「んんん……ぅ、は、ぁ」

顔を仰《の》け反《ぞ》らせると同時に溜息が漏れた。小さな粒を吸われ、舌先で擽られる。もう片方の指で別の粒を摘《つま》まれ、同時に可愛がられるとますます身体が跳ね、背中が浮いた。

「ゃ、……、や……ぁ、んん、んん……」

激しく反応してしまう自分が制御できず、両足でシーツを蹴り、仰け反りながら上に逃げた。止めないでと言われた香取の唇が追ってくる。

ズリズリとシーツの上を逃げ回り、ベッドヘッドに頭が当たり、行き止まりになったところで、両脇に手を添えられて摺り下ろされた。身体を起こした香取が、薄《う》っすらと笑みを浮かべ、光を見下ろしている。

光の上に跨《また》がったまま、香取がパジャマを脱いだ。逞《たくま》しい身体が目の前に現れ、陶然とそれを眺める。

上半身を晒した香取が、光の足を持ち上げてくる。パジャマのズボンを脱がされ、下着も取られた。すべてを晒した光の身体を、香取がじっと見ている。恥ずかしさで無意識に身体が縮こまり、丸くなる光を見て、香取がゆっくりと笑った。

「恥ずかしいか……?」

優しい声で聞かれ、こくん、と首を動かす。

「俺もだ。でもそれ以上に楽しい」

膝を持たれた。開かせようとするのに思わず力が入ってしまう。手を添えられたままピッタリと膝を閉じている光を見下ろし、香取が言葉通り楽しそうに笑った。

膝がしらにキスをされた。閉じたままの足の上を香取の舌が滑っていく。

「あ、……、あ」

脛《すね》からくるぶし、足の甲と移動し、指を咥えられた。

「や、……それ、止めて……」

光の足の親指を含み、香取が舌を蠢かす。光の抗議に、ちゅ……ぱ、と音を立てて唇が離れ、今度はそれが、足の裏を這っていった。

「や、……ん、ん、や、ぁ……、ぅ」

足の裏を舐められたことなんかなかったし、それをしているのが香取だと思ったら頭が沸騰したように熱くなり、必死に止めてとお願いした。

「そんな可愛い声を出されると、止まらなくなる」

それなのに香取がそんなことを言い、光の足をますます可愛がってくる。

「正巳……さん、それ、やだ、指、ゆ……ぁ、擽っ……ん、んっ」

首を振りながら訴えていると、ベッドの下からキュゥン、と声がして、ハッとして動きが止まる。視線を向けると、ベッドの上に顎を乗せたブランが光の顔を心配そうに覗いていた。

「……ブラン、あ……、正巳さん、ブランが……これは、あの、ブラン、あのね……」

見られていた、恥ずかしいと、しどろもどろになってブランに言い訳をしようとする光に、香取が「大丈夫だから、落ち着いて」と静かな声で宥めてくれた。

「ブラン。苛《いじ》めているんじゃないよ。これは仲良ししているんだ」

香取がブランに言い聞かせている。

「悪いな、ブラン。向こうの部屋に行っててくれるか？　喧嘩じゃないよ」

香取の説得に、ブランがすごすごとベッドから離れ、リビングとの境の位置に座った。下半身はリビングに、そして上半身は寝室という状態で、ブランがこっちを見ている。前足の上に自分の顎を乗せて、ここならいいでしょ、と言うようにクゥン、と鼻を鳴らし、それから寝た振りをした。

「一応気を遣ってくれたみたいだ」

笑いながら香取が光を見る。

「落ち着かないだろうが、許してやってくれ。……たぶんこれからもずっとこうなる。慣れてくれると有難いんだが」

香取とこういう関係を続ける以上、ブランの存在は不可欠で、追い出すこともあり得ない。ブランにしてみれば光のほうが香取との仲を邪魔しているようなものだ。

「それはもう。でも、なんか……ブランに申し訳ないな」

「ブランも分かっているさ。二人の仲がいいほうがいいに決まっている」

そう言って、香取がキスをしてきた。

「ん……」

中断されていた行為が再開する。すべてを脱ぎ捨てた香取が、もう一度光の上に来た。

ブランのお蔭か、光の身体の強張りが解けていた。幾分柔らかくなった光の身体に気付いた香取が微笑み、褒美をくれるようにまたキスを落としてきた。

今度は素直に開いた膝の間を香取の大きな身体が陣取った。太腿《ふともも》を撫で、濡れた指先が後ろに行き着くと、「嫌だったら無理をしないで」とまた気遣う言葉を発した。

「……嫌じゃないって、さっきから言ってる。正巳さんの好きにして……」

恥ずかしいし、未知に対する恐怖もあるが、決して嫌なことなどないのだ。香取が光を気遣うように、光だって香取に喜んでもらいたい。

「楽しいって言ってくれたのが嬉しいから……もっと、楽しんでほし……ん、あ」

後ろの窄《すぼ》まりに香取の指が入り込み、声が途切れた。ゆっくりと長く太い指が侵入してくる。思わず腰を引き逃げそうになると、もう片方の掌で中心を包まれた。

クチュクチュと立つ水音は香取の手の中にある自身が濡れている音だ。気持ちよさに腰が勝手に揺れ、そんな姿になっていることが恥ずかしく、首を振って回避しようとした。

「っ、……やぁ、あ、あ……ん、や、や」

好きにしてと言った直後にまた拒絶の声を上げている光に、香取が困った顔をする。

「止めなくていいんだよな……？」

「うぅ、止め、て……ほし、な……っ、やだ、や、ぁ……」

「……困ったな」

香取が笑いながらそう言って、唇を塞いできた。

「じゃあ、俺が決める。いいね？」

「ふ、……ぁ、んんんん、ん――」

声を封じ、それから手の動きを再開した。両極端の光の言葉の両方は叶えられないからと、香取はどっちかを選んだようだった。

潜り込んだ指が中でグルリと回転し、身体が跳ね上がると、前にある手で扱《しご》かれ、今度は痙攣《けいれん》したように細かく震えた。

光の身体をいいように翻弄《ほんろう》する大きな身体は、暴れても押してもビクとも動かず、好き放題に蹂躙《じゅうりん》し始めた。光の中心を包んでいる指が濡れた先端を撫で、次には指先で抉《こじ》られた。

「は、ぁあ、……っ、やっ、ん――ぅ」

声を出そうとすると口内に舌が入り込み、声ごと吸い取られる。前の刺激に翻弄されているうちに、後ろに入り込んだ指で中を掻《か》き回され、大きく身体が跳ねた。いつの間にか指が増やされ、そこからも水音が立っている。太い指で一杯にされた圧迫感に喘《あえ》ぐと、中でそれが曲がり、ある場所を押された。

「あ、あ、あっ、ああ、あぁ……っ、あ」

そこを押される度に声が迸《ほとばし》り、壮絶な射精感に襲われた。開ききった膝は閉じられず、意思に反して更に大きく開いていく。

「駄目、……それ、だ、めぇ、っ、イク、ィック……ああ、やぁぁっ、……っ」

腰を突き出し、夢中で駆け上がろうとするが、達しきれずに泣き声が上がった。一瞬こんな声を出したらブランが心配する、という考えが過るが、次にはまた香取の指が動き、消し飛んでしまった。

達したいのに達しきれず、射精をコントロールされた切なさに生理的な涙が零れ落ちた。声を発し続ける光の唇に、香取が優しく触れてくる。あやすような舌の動きに、しゃくり上げながら従った。

「……少し我慢な。イッてしまうと後が辛くなるから」

慰めるように香取が言い、更に指が増やされた。力を抜いて……と言う声に朦朧としながら素直に従う。髪を撫でられた。褒めてくれるような仕草に、フッと息を吐き、目を閉じた。

やがて香取の指が出ていく。目を瞑ったまま待っていると、「光」と自分を呼ぶ声が聞こえ、目を開けた。

香取が上にいる。

前髪を掻き上げられ、露《あらわ》になった光の大きな瞳を香取が見下ろした。

「あ……」

優しい人が、光を見つめている。

人と目を合わせるのが怖かった。前髪で隠し、色を染めてカムフラージュしていた。目の奥を覗かれたら、自分の中の後ろ暗いことを悟られてしまう。それが怖くて、ずっと下を向いていた。

今光を見つめている人は、光の全部を知っていて、それでも変わらず好きだと言ってくれる。逃げてこい、自分を選んでほしいと、大きな手を差し伸べてくれた。

腕を伸ばし、上にある大きな人に摑まった。自分を見下ろしている瞳が細められ、唇が笑みの形を作っている。

「光……」

腕に力を籠め、大きな身体を招き入れる。後ろに宛がわれた熱塊が、ズ……と入ってきた。香取が眉を顰め、小さく息を吐いた。光に負担が掛からないように気遣っているのが分かり、太い首を抱きながら、「……好き」と言った。

香取が光を見つめ、とても嬉しそうに笑った。

僅かに腰を進められ、内壁が押し広げられる。

「あ、あ……」

「息、吐いて」

言う通りに息を吐くと、香取がまた少し身体を進めた。口を塞がれ、強く抱き締められ、そうしながら中も占領されていく。香取の身体は熱く、口内に入り込んでくる舌が甘いと感じた。

「辛くないか?」

首を横に振り、もう一度「好き」と答えた。香取が笑う。褒美のキスをもらった。

進みはとてもゆっくりで、光が反応する度に、優しく宥め、キスをくれた。僅かに寄った眉が苦しそうで、光からも腕を伸ばし、頬を撫でる。

光を壊さないように、大事にしようとしてくれる。

「正巳さ……」

唐突に、信じていいのだと、理解した。

目の前にいる人は光を大切に思い、心から光が好きなのだ。

光を追い掛け、手に入れ、それを喜びながら、尚も大切にしようとしてくれる。

ぬるま湯に浸かっているような心地好さと幸福感に、光は目を細めた。そんな光を見つめ、香取の口元も綻んでいた。

やがて最奥まで辿《たど》り着いた香取が身体を起こす。両膝を持たれ、広げられた。大きな身体が蠢き始める。

「ああ……」

低く、甘い溜息が降ってきた。香取がゆっくりと揺れている。額に少し髪が掛かっていて、ほんのりと歯が見えているのが可愛いと思った。見つめている光と目が合い、香取が下りてくる。揺れながら唇を重ねた。

舌を啜《すす》られ、そうしながら香取が腰を送ってくる。逞しい腹筋が光の劣情に当たり、香取が動く度に擦《こす》られた。

「ん、……ぁ、ん」

自分の口から発せられる声も、高く、甘い。気持ちいいのだと香取に伝えたかった。

光の声を聞いた香取が再び身体を起こし、今度は掌でそれを包んできた。揺らされながら指先で愛撫され、すぐにも絶頂感がやってくる。

「まさ、み……さ、ぁあ、あ……ぁ」

香取の手の動きに合わせ、声と共に身体が波打った。大きく膝を割り、香取の手の中を行き来するように腰が蠢く。羞恥《しゅうち》はまだ残っていたが、やってくる絶頂感のほうが強く、もう抗えない。

「正巳さ……、もう、……っ、……たい、イキたい、んんん、んぁ、ん」

さっき我慢しろと言われたから、まだ駄目なのかと香取に聞いたら、香取はまた困ったような表情を作り、光を見下ろして笑った。

「我慢していたのか」

「ぅん、ん、もうやだ、イキたい、イク……、お願い……」

光の必死の哀願に香取は答えず、その代わりに腰を回した。光の絶頂を促そうとするように、手の動きが一層激しくなっていく。

「……ぁああ、ん、っ、あ、……んん、あ、あ……」

香取が見下ろしている。首を振って我慢しようとしたら、ますます強く扱かれ、とうとう我慢しきれなくなった。

「も……っ、駄目、駄目……、イク、イク……っ、ん、あ——」

大きく仰け反り、その時を迎えた。熱が弾《はじ》けて香取の手が濡れていく。グチュグチュと音を立てながら濡れた掌が上下された。

「や、ん……、音、嫌だ……恥ずかし……っ、ぁん、……っあ」

手を離してという訴えを聞いてもらえず香取が悪戯を繰り返してくる。腰を送られる度に先端から白濁が迸り、光の声も高くなった。

普段は射精してしまえば萎《な》えるソレは、香取が後ろを刺激するから終わらない。タラタラと精を吐き続け、香取の手の中でヒクヒクと跳ねていた。

吐精の余韻を与えられないまま苛《さいな》まれ続け、後ろを穿《うが》つ力強さが増してきた。香取が息を吐く。動きがますます激しくなり、低く呻く声が聞こえた。

「は、は……、っ、く……」

大きく腰を回した次の瞬間、ズン、と強い衝撃が来た。一瞬香取の動きが止まり、大きな溜息を吐いている。光の中にいる香取の熱塊が爆発し、ドクドクと脈打つのを感じた。

眉を寄せ、光の上で香取が荒い息を吐いている。頬に触れたらしっとりと濡れた肌が掌に吸い付き、香取が光の手に凭《もた》れるような仕草をした。年上の、大きな身体の人が光に甘えている。それが嬉しくて、頬から伸ばした腕で、香取の頭を撫でてあげた。

大きな身体が下りてくる。広い背中を抱き、キスを受け取る。

「……楽しかったですか？」

光の問いに合わさったままの唇がふっと息を吐いた。舌で撫で、ちゅ、と軽く吸った後、「とても」という声が聞こえた。「僕も」と光も答え、もう一度深く合わさった。

だからアタシのお蔭でしょ、と源太が言った。

「だって、あんたたちいつまでもグジグジグジグジ面倒くさかったんだもん」

「そうでしょ？　あのおっさんは優しさという名のヘタレだし、ひー君はひー君で三歩下がって五十歩も百歩も下がっていくし」

「……面倒くさいって」

「下がり過ぎだよ……」

それに香取だってヘタレじゃない。凄く男らしいんだ、と反論したいところだが、「惚気《のろけ》てんじゃないわよ」と絡まれた上、話を歪曲《わいきょく》されて恥ずかしい方向へ持っていかれかねないので、胸に留《とど》めておくことにする。

共有のリビングダイニングスペースで、二人でお茶をしつつ、源太に『男同士の付き合いとは』を伝授されているところだ。

香取とのいきさつを、源太は笑いながら、時にはしんみりとしながら、根掘り葉掘り聞いてきた。辛辣《しんらつ》なことを言って、茶々を入れながら、それでも最後には「よかったじゃない」と祝福してくれた。

「あーあ、ひー君に先を越されちゃうとは思わなかった」

大袈裟に嘆いてみせる源太に、まあまあと、にやけた顔のまま慰めている光だ。

「新しい同居人を探さなくちゃね。いい人見つかるかしら」

「え？　なんで？」

唐突に言われ、びっくりしている光を源太が「当たり前じゃないのよ」と睨《にら》んでくる。

「あのおっさん、ひー君との同棲《どうせい》の準備を着々と進めてるわよ、きっと」

「そんなことないよ」

「そうだってば。こぉんな若い子を手に入れたんだもの、囲い込もうとするに決まってるじゃないのよ」

まるで決まり事のように断言された。

「アタシがあのおっさんのことで今まで間違ったことある？　全部アタシが言った通りだったでしょ？」

「そりゃ、まあ……」

「でしょ。なんでもお見通しなのよ。視《み》えるのよ、二人の未来が」

美容師から占い師に転職しようかしらと、源太がまんざら冗談でもない声で言った。

確かに今まで源太が香取について光に助言してくれたことはすべてその通りになり、今香取とこんな風に恋人と呼べる関係になれたのも、源太が協力してくれたからということが大きい。

香取と初めて結ばれた日、源太のあの後押しメッセージを受け取らなかったら、今もまだ、二人はそうなっていなかったかもしれない。香取は光を大切にしてくれる分、二人の距離が縮まるには、亀よりも遅い歩みになったはずだと光も思う。

好き同士が何を遠慮しているんだというのが源太の考えで、今は光もその意見に同調できる。何故なら今が凄く幸せだからだ。

あの日源太は、香取に駅で捕まり、光を呼び出すまでに、かなりのきつい意見を香取にしたそうだ。どんなやり取りをしたのかは言わない約束をしたからと、教えてもらえない。「君の親友は男前だな」と、香取は笑って言うだけだ。

香取に愛され、源太に祝福され、こうして幸せに浸る日々が増えても、光の背景にあるものの大きさは変わらない。父は未だに服役中だし、世間の光に対する偏見も覆ることもないだろう。

だけど今は逃げ込む先がある。背負いきれない荷物に対し、重い、辛いと悲鳴を上げ、弱音を吐くことができるのだ。

源太ともう一人、そういう人間が二人に増えた。これから先、そんな人がもっと増えていくかもしれない。そんな楽観的な気持ちになれるのも、彼らのお蔭だ。

「……何ニヤニヤしてんのよ。やだわ、やらしいわ」

コーヒーのカップを両手で包み、笑っている光の顔を覗き、源太が茶化す。

「そろそろお迎えが来るんじゃない？」

「うん。たぶんね」

今日は香取と一緒にブランを連れて、ドッグランに行く予定だ。香取が車で光の部屋まで迎えに来てくれるのを待っていた。

そしてドッグランでブランを遊ばせた後、香取の部屋で餃子を作ることになっている。香取のたっての願いだ。源太に教わったレシピを今日は香取と二人で作る。

「美味しいの作ってやんなさいよ。男は胃袋から掴むのがコツね」

「うん。頑張る。そうだ。今度源ちゃんも誘って鍋パーティしないかって、正巳さんが言っていたよ」

「やあよ。そんなラブラブカップルに挟まれて鍋なんか突《つつ》くの」

「ブランもいるよ」

「犬じゃないの。オスだけれども。犬じゃないのよっ」

「西藤さんにも声を掛けるって。源ちゃんに会いたがってるらしいよ」

「あら。……まあ、でもねぇ、ほら、アタシたち、一回で終わっちゃってるし」

西藤の名前を聞いた源太の声が、俄《にわ》かにソワソワとしたものになり、それからトーンダウンした。

「正巳さんから源ちゃんの男前エピソードを聞いて、なんか興味持っちゃったらしいよ？」

「なによそれ、男前って。アタシは乙女《おとめ》なのよ！　なんなのよあのおっさん」

再びヒートアップし、文句を漏らしながらも「でもまあ、……それなら行ってあげないこともないわ」と、最後には小さな声で言った。

コーヒーが飲み終わる頃、外から車のエンジン音が聞こえ、それに混じりバウ、バウ、というブランが光を呼ぶ声がした。

「お迎えが来たわね。ほら、いってらっしゃい」

急いで立ち上がり、ハッと気付いて源太を振り返る。

「何？　早く行きなさいよ。ブランが呼んでるわよ」

うん、と言いながら少しだけ短くなった前髪を触り、「変じゃない？」と源太に聞いた。

源太は光の前髪を掻き上げてくれながら目を覗き込み、ニッコリと笑った。

「本人に聞いてみたら？　まああのおっさんはひー君がドドメ色の髪色してても『似合う、可愛い』とか言っちゃうんでしょうけどね」

ほらほらと急《せ》き立てられて、玄関から追い出された。

外に出ると、停まっている車の窓からブランが顔を出していた。白地に茶色の斑《ぶち》を載せた細い顔が、嬉しそうに光を出迎えてくれる。駆け寄って頭を撫でていると、香取が運転席から出てきた。

「光」と、名前を呼んだ後、光の髪の色に気付き、大きな笑顔に変わる。

長かった前髪を切り、大きなアーモンド形の目が露になっていた。髪の色は自然なダークブラウンだ。

「思った通りだったな。とても似合う」

香取の声に賛同するようにブランがバウ、と吠えた。

行こうかと促され、助手席に乗り込んだ。エンジンを掛けた香取が、隣に座る光を眺め、もう一度「似合う」と言ってくれた。

車が静かに滑り出す。

冬の空は澄み渡り、今日は絶好のお散歩日和だ。

あとがき

はじめまして、もしくはこんにちは、野原滋です。この度は拙作「溺愛紳士と恋するマカロン」をお手に取っていただき、ありがとうございます。

前作では野性味溢れる犬を書かせていただきましたが、今作も犬を書かせていただきました。臆病で愛嬌のある大型犬「ブラン」を書くのが一番楽しかったです！

私は幼少の頃小型犬を飼っていたのですが、親が飼っていたという認識であまり覚えておらず、そして私自身はずっと猫を飼っていたので、いま一つ大型犬の生態が分からず、それで今回周りの犬好きの方のお話を聞いたり、実際に見せてもらったりしました。ボルゾイを飼っている友人のお宅まではるばるお邪魔したりもして、リサーチを重ねた結果、出来上がったのがブランでした。

いろいろと協力してくれたQさん！　ありがとうございました！　この場を借りて御礼申し上げます。相談に乗ってくれたり、一生懸命ボルゾイに触らせようと努力してくれたり。半日一緒に過ごして、結局一度も触らせてもらえませんでしたが。お土産のジャーキーを持っている時にしか寄ってきてくれませんでしたが。凄い吠えられましたが！　大変参考になりました。また会いたいです、ボルとチビちゃんに。次こそは触らせてくれますように。

犬の話ばかりになりましたが、今回久々にトラウマを書かせていただいて、それも大変楽しかったです。どうしてもキャラの背景に焦点を絞り過ぎてしまうのを、今回も担当さんに厳しく指摘され、導いていただきました。上手く恋愛と絡まって物語が進んでいますでしょうか。光の心情に共感していただき、正巳の包容力と一途さに、一緒に応援していただけたら幸いです。

イラストを担当くださったせら先生。華やかで可愛らしいイラストをありがとうございました。ラフの段階から、細部までこだわっていただき、感激しました。びっしりとメモ書きされたラフ画を見て、受け攻め共に、ブラン、それから源ちゃんも、愛情を籠めて描いてくださったんだなあというのが伝わってきて、大変嬉しかったです。

それから担当様にも、毎度のことですが、大変お世話になりました。いつもいつも明後日の方向に爆走してしまうのを的確に軌道修正していただき、感謝です。何が大事なのか、何を伝えればBLとしての読み物になるのかを教えていただきました。今後もそれらを念頭に頑張りたいと思います。ありがとうございました。

最後に、ここまでお付き合いくださった読者様にも厚く御礼申し上げます。臆病で傷付きやすい二人の、ゆっくりと進む恋愛模様を、どうか楽しんでいただけますように。

また皆様にお会いできます日を、心待ちにしております。

野原滋

✦初出　溺愛紳士と恋するマカロン……………書き下ろし

野原滋先生、せら先生へのお便り、本作品に関するご意見、ご感想などは
〒151-0051 東京都渋谷区千駄ヶ谷 4-9-7
幻冬舎コミックス　ルチル文庫「溺愛紳士と恋するマカロン」係まで。

幻冬舎ルチル文庫

溺愛紳士と恋するマカロン

2015年12月20日　第1刷発行

✦著者	野原 滋　のはら しげる
✦発行人	石原正康
✦発行元	株式会社 幻冬舎コミックス 〒151-0051 東京都渋谷区千駄ヶ谷 4-9-7 電話 03(5411)6431［編集］
✦発売元	株式会社 幻冬舎 〒151-0051 東京都渋谷区千駄ヶ谷 4-9-7 電話 03(5411)6222［営業］ 振替 00120-8-767643
✦印刷・製本所	中央精版印刷株式会社

✦検印廃止

ISBN978-4-344-83605-1　C0193　Printed in Japan